VIVE ALLURE

JEAN-PAUL RAPPENEAU
avec KÉTHÉVANE DAVRICHEWY

VIVE ALLURE

BERNARD GRASSET
PARIS

Photo de couverture : Benoît Barbier.

ISBN 978-2-246-86227-7

AVANT-PROPOS

À la maison, dans mon adolescence, nous ne manquions jamais les films de Jean-Paul Rappeneau quand ils repassaient à la télévision. *La Vie de château*, *Les Mariés de l'an deux*, *Le Sauvage* comptaient parmi les favoris du ciné-club familial ; mes parents en aimaient le rythme trépidant, les histoires parfois graves racontées avec légèreté, les personnages singuliers et séduisants, qui faisaient écho à l'âge d'or des comédies américaines dont ils raffolaient. « Ce qui frappe dans la mise en scène de Jean-Paul, c'est sa musicalité, dit Catherine Deneuve, un sens du rythme et de la comédie qu'il maîtrise parfaitement comme un chef d'orchestre. »

Bien plus tard, j'ai eu la chance de rencontrer Jean-Paul en vacances chez des amis communs, et de l'écouter raconter des anecdotes avec son phrasé si particulier, qui prend son temps, parfois en apnée, chaque mot pesé. Étonnant quand on est familier de ses personnages qui vont et viennent, parlent à toute vitesse. Je me suis liée presque immédiatement avec sa femme, Claudie, attentionnée et chaleureuse. Nous nous sommes vues régulièrement pendant des années, parfois avec Jean-Paul. Le temps a passé, l'affection grandissait, l'admiration aussi. Sont venus *Tout feu tout flamme*, *Cyrano*, je continuais de voir et de revoir ses films en famille, maintenant avec ma fille, fan à son tour. Jean-Paul faisait peu de films, « la lenteur, la rareté, la nécessité du doute font partie de ma cohérence », dit-il.

Puis, il y a cinq ans, lors d'un dîner, il me confie avoir le projet d'écrire ses mémoires, un exercice qui lui semble difficile. Je m'enhardis et lui propose de l'aider. « Pourquoi pas ? » répond-il avec son élégance habituelle, mais je comprends bien que ma proposition lui semble hors de propos.

Un an s'écoule, il me téléphone : « Que vouliez-vous dire quand vous avez proposé de m'aider ? » Je réponds que de nombreux romanciers ont collaboré à l'écriture de mémoires. Il me donne rendez-vous au Rostand, café mythique près du jardin du Luxembourg où je l'ai parfois croisé. Nous sommes à l'automne 2021, nous entamons une longue conversation qui ne cessera plus et qui est la genèse de ce livre.

Je suis très enthousiaste, lui aussi. Flattée et honorée, je veux être à la hauteur de sa confiance et pense naïvement pouvoir l'aider à rendre rapidement un manuscrit. À nous de surfer sur cet élan commun. Mais j'oublie la puissance de la temporalité qui lui est propre. Me voilà immergée pendant plus de deux ans dans son incroyable processus de création qui s'étire autant que ses films se précipitent.

Il raconte, nous déjeunons, nous nous voyons au café ou dans son bureau, chez lui où il a entreposé ses carnets, journaux de bord de sa vie artistique. Tout y est consigné, pendant des décennies, dès le premier film : ses réflexions, ses lectures, ses rencontres, les premières ébauches des scénarios. Il me confie les précieux carnets.

Je découvre le cheminement intérieur d'un cinéaste, un quotidien qui raconte aussi une époque et l'histoire d'un cinéma français. Notre conversation se poursuit, je revois les entretiens qu'il a donnés, les interviews, je lis les textes qu'il a écrits.

Je décrypte son regard unique sur la vie, pour Jean-Paul, tout est cinématographique, lorsque je tombe dans la rue et me fais une entorse, il me demande d'être plus précise : « Où étais-tu exactement quand tu as chuté ? De quel côté de la rue ? Que voyais-tu ? »

Je ris beaucoup aussi, car l'humour est son moteur pour créer. Ainsi lorsqu'il donne finalement un titre à ces mémoires. *Vive allure* ! N'est-ce pas l'essence de ce travail ? De tout cela, de cette collaboration a émergé la voix de Jean-Paul, de sorte que ce livre la porte.

Kéthévane Davrichewy

J'ai dix ans. Un jeudi de 1942, alors que nous n'avons pas classe, ma mère emmène ses deux aînés, ma sœur Colette et moi, à Paris. Nous quittons pour la première fois notre Bourgogne natale et reviendrons à Auxerre le soir même. Entre-temps, nous aurons vécu une aventure.

Des billets nous attendent au contrôle de la Comédie-Française pour la matinée. Au programme : *La Reine morte*, la pièce d'Henry de Montherlant. Des amis parisiens en ont parlé à notre mère avec enthousiasme : « Vos enfants doivent absolument voir ça ! » J'ai vu des photos dans un numéro de la *Comœdia* acheté par ma mère et je suis impatient.

En descendant du train, gare de Lyon, j'ai un moment de panique en découvrant la foule qui encombre le hall et les couloirs. Qui sont ces gens ? Où vont-ils ? Qu'attendent-ils ? Notre mère garde son calme, elle nous entraîne hors de la gare. Elle n'ose pas descendre dans le métro et nous nous retrouvons serrés les uns contre les autres dans la cabine d'un vélo-taxi roulant vers le

Palais-Royal. Premières impressions de la ville découverte par morceaux à travers le mica de la petite fenêtre. Le défilé des immeubles, le flot des piétons envahissant les rues à chaque carrefour, le chassé-croisé des autobus avec leur concert de klaxons. Le trajet me paraît interminable et quand nous arrivons enfin au théâtre – un palais, me semble-t-il ! – nous plongeons dans une autre pagaille, celle qui assiège le guichet de contrôle. Il faut attendre encore. L'atmosphère est fébrile, la foule élégante. Je repère des enfants parmi les spectateurs. Quelques officiers allemands, c'est le Paris de l'Occupation. Une ouvreuse nous conduit vers nos places à l'orchestre. Tout est rouge. Les fauteuils, le rideau, la salle. Déjà la lumière baisse et, avec elle, le bruissement des conversations. Silence, pénombre, plus rien ne bouge. Les battements de mon cœur s'accélèrent. Le rideau se lève sur une agitation de figurants en costume : « Holà, vos quinze sols ! » On essaye d'arrêter un personnage qui résiste. « J'entre gratis ! » dit-il. « Pourquoi ? » « Je suis chevau-léger de la maison du roi ! » Il s'échappe. Premier rire dans la salle. Je me tourne vers ma mère aussi troublée que moi. Je chuchote : « Mais ce n'est pas *La Reine morte.* » « Ils ont dû se tromper », me répond-elle. Nous assistons jusqu'au bout à la représentation de *Cyrano de Bergerac* avec Denis d'Inès dans le rôle-titre, dans les décors restés célèbres de Christian Bérard. Je suis emballé.

De retour à la maison, j'apprends par cœur « la tirade des nez ». Je me fabrique un nez en carton et joue la scène devant mes parents. Je me remémore avec enchantement la scénographie, le camp d'Arras en particulier, la ville assiégée devant la grande étendue de ciel bleu, les tentes blanches.

Des années plus tard, quand j'adapterai la pièce au cinéma, je repenserai à mon premier voyage à Paris et j'imaginerai qu'au début du film, un jeune garçon roulerait vers Paris dans une carriole. Accompagné de son père, il découvrirait Cyrano au théâtre. On le reverrait plusieurs fois, comme si l'histoire était racontée de son point de vue. Je me suis heurté au problème de son vieillissement mais cet enfant est néanmoins présent dans mon film. Une image me touche particulièrement des années après : quand le rideau se lève, la lumière monte sur le visage du garçon découvrant la scène et ce qui deviendra plus tard sa passion, le spectacle.

1.

J'ai vécu une enfance sans cinéma et sans télévision. Les premières images viennent d'un monde alors divisé en deux. D'un côté, la famille de mon père, la paysannerie profonde, et de l'autre, celle de ma mère, industriels d'Orléans.

Mon père est né à Serée, un petit village du Morvan. Un pays, dit-on, « d'où ne viennent ni bon vent, ni bonnes gens ». Comme ses quatre frères et sa sœur, il va à l'école à pied, emportant, chaque matin, une bûche sous son bras pour le poêle de la classe. Quand je pense à sa ferme natale dans ce pays rude, je suis transporté dans un tableau de Le Nain. J'y ai dormi quelquefois avec ma sœur Colette, dans un petit lit improvisé dans la pièce unique où les chiens et les poules déambulent, la porte est constamment ouverte pour ne pas que le feu qui brûle en permanence dans l'immense cheminée nous asphyxie. Une marmite y est accrochée, hiver comme été, quelque chose mijote. Referme-t-on cette porte quand il neige et gèle à pierre fendre ? Je ne me rappelle plus. Il me semble que la fumée nous donne parfois les larmes aux yeux. Nous portons des sabots pour traverser la cour tant elle est boueuse. Avant d'entrer, nous les frappons contre le sol pour les décrotter. Puis, pieds nus, nous enfilons des chaussons.

Un instituteur a changé le cours de l'existence de mon père en allant trouver ses parents. « Jean-Arsène a des aptitudes, il ne peut pas arrêter là, je vous conseille de l'envoyer à Avallon, au collège. » Il a su les convaincre et, grâce à ses études, mon père quitte le hameau et le monde rural. Il passe le premier baccalauréat juste avant que la guerre n'éclate. Mobilisé très jeune, il fait une école d'artillerie et rejoint les tranchées comme aspirant, il reste trois ans sur le front, combat à Verdun et ailleurs, est blessé plusieurs fois, revient lieutenant, décoré de la croix de guerre et de la Légion d'honneur. Il racontait qu'il était « l'homme sans cheveux », le port du casque nuit et jour les lui avait fait perdre ! Après la guerre, grâce à une aide de l'État, il est pensionnaire au lycée Saint-Louis, passe une licence de mathématiques, puis de physique. Il a de l'ambition et vise l'École polytechnique. Recalé de peu, il entre à l'École supérieure d'électricité et en sort ingénieur. Sans ce diplôme, il n'aurait jamais rencontré ma mère.

L'autre partie de mon univers est à Orléans où mon grand-père maternel, Albert Bornhauser, est venu s'installer. Fils d'un horloger suisse, né au bord du lac de Constance, Albert quitte sa famille à quatorze ans pour tenter sa chance près de Genève. La France n'est pas loin, il passe la frontière à bicyclette, se fait rapidement des amis et devient représentant pour des produits suisses. Après la guerre, constatant que l'électricité va devenir essentielle à la vie économique du pays et que la plupart des campagnes françaises en sont dépourvues, il a l'idée de les alimenter en créant à Orléans une société d'adduction d'eau et d'électricité. Il se retrouve vite à la tête d'un réseau qui électrifie les campagnes et qui, bientôt, se transforme en entreprise de travaux publics. Pour les départements du Centre, il devient l'empereur de l'électrification. Afin d'établir sa réputation, il acquiert une grande bâtisse dans un parc, près d'Orléans. Bon Séjour est une imitation de manoir, style 1910 avec des tourelles, des échauguettes, comme dans les contes de Perrault. L'ensemble, assez laid, est, pour mon regard enfantin, un véritable château. Je vis avec mes parents, mes quatre sœurs et mon frère dans une autre ville, Auxerre, mais mon imaginaire est entièrement nourri du royaume d'Albert Bornhauser. Notre petite ville n'est qu'une province, Orléans est la capitale, où vivent la reine, ma grand-mère, et le roi son époux.

Ce souverain est un champion du commerce mais n'a aucune connaissance technique. Lorsqu'il rencontre mon père, tout juste diplômé, il l'engage sur-le-champ. Il l'accueille aussi dans sa famille. Le jeune ingénieur solitaire déjeune tous les dimanches à Bon Séjour. Intimidé par les quatre fils de son patron, extravertis, joyeux et tordants qui pourtant adoptent ce bon élève, il se rapproche de leur unique sœur, ma mère, Anne-Marie. La jeune fille a survécu à sa sœur cadette, Nelly, tombée malade pendant la guerre, et morte adolescente. Ma grand-mère ne s'en est jamais remise et Anne-Marie, portant ce drame, étouffe dans le giron familial. Tous les prétextes sont bons pour s'échapper. Un jour, elle supplie d'aller à Paris, ses parents se tournent vers mon père : « Jean-Arsène, vous l'emmenez, nous ne sommes pas libres ! »

Jeanne, la cousine de ma mère, est aussi du voyage, elle est le seul témoin d'une scène devenue légendaire. Sur la route, quelque part après être passé sous l'aqueduc des Hauts de Vannes, Jean-Arsène stoppe net la voiture, se retourne vers les deux jeunes filles et demande à Anne-Marie : « Est-ce que vous voulez m'épouser ? » La légende ne dit pas si ma mère répond tout de suite. C'est en somme l'histoire classique du petit paysan tombé amoureux de la fille du patron. Cette dernière a déjà de l'admiration et de la curiosité pour le jeune homme si différent de ses frères adorés, elle se met à le regarder autrement et se laisse séduire. Mon grand-père accorde sa main à son protégé sans hésiter. Il lui confie de plus en plus de responsabilités. Mes quatre oncles, charmants et fantaisistes, travaillent, certes, pour l'entreprise familiale, mais n'ont pas les compétences nécessaires à son développement. C'est Jean-Arsène qui fait tourner les affaires. Grâce à lui, la société prospère, fournit en électricité les villages les plus lointains. Des succursales se développent dans plusieurs régions, jusqu'en Algérie.

Mon père administre les territoires de l'Est et revient dans son Morvan natal. Nous grandissons, mes quatre sœurs, mon frère et moi, à Auxerre, dans un pavillon, vite trop étroit pour notre famille nombreuse. Ma mère pousse mon père à louer une autre grande bâtisse, pâle imitation de Bon Séjour, la demeure du roi Albert. Cette attirance familiale pour les châteaux, leur atmosphère particulière, imprègne toute ma jeunesse et se retrouvera dans beaucoup de mes films.

Le roi Albert règne sur ce vaste domaine que les adultes appellent « l'Entreprise ». Le roi a réparti entre ses fils les duchés et les fonctions, il a donné la princesse, sa fille, en mariage à son fidèle ministre. Tous travaillent à la grandeur du royaume. Vers l'ouest, le pouvoir s'étend jusqu'à Poitiers, contrée mystérieuse, ville inaccessible tant elle me semble lointaine. Nous avons là-bas des alliés puissants qui portent un nom italien : Molinari. Dans mes livres d'histoire, au moment du fameux récit de la bataille de Poitiers, je suis déçu de ne pas le voir apparaître près de celui de Charles Martel. La fiction infinie m'entraîne plus au sud, sur les rivages de l'Afrique. À Alger, mon grand-père a délégué un vice-roi nommé Cassaigne, personnage fastueux qui roule en Bugatti.

Tous les week-ends de mon enfance, nous les Rappeneau, la troupe d'Auxerre, prenons la route et parcourons les cent cinquante kilomètres jusqu'à Bon Séjour. J'ai conscience de ce qui sépare « les deux côtés du monde », des disparités, des convoitises aussi.

La famille est déjà le lieu du spectacle, la saga des Bornhauser souvent plus romanesque que mes lectures. Ses personnages occupent mes rêves, et je crois que mon goût pour le théâtre, puis, plus tard, pour le cinéma, est né dans ces années lointaines où je suis le spectateur ébahi de la grande pièce que mes oncles jouent devant nous.

J'attends avec ferveur les moments passés à Bon Séjour. Les grandes tablées du dimanche. Les fêtes de famille déroulent des repas extraordinaires pendant lesquels l'humour Bornhauser se déchaîne. La compétition entre mes oncles s'incarne dans le rire. Au milieu du tohu-bohu, j'ai élu mon héros : mon oncle Albert, « Albert le second », d'ailleurs le préféré de ma mère. Sa fantastique drôlerie, son charme ravageur me laissent bouche bée. Il est un prince aux exploits fabuleux. Il y a de l'acteur en lui, il aurait pu l'être. Il sera une de mes sources d'inspiration plus tard. Il chante aussi, imite Tino Rossi, reprend *Marinella* et « le plus beau de tous les tangos du monde, c'est celui que j'ai dansé dans vos bras ». Lorsque je lirai *Belle du Seigneur* d'Albert Cohen, je songerai que mes oncles sont comme les « Valeureux » du roman. Le plus jeune d'entre eux fait ses études à Lyon. On y passe des films américains, il les raconte à table, *Frankenstein* me fascine particulièrement, et les films de gangsters avec des mitraillettes et des titres à la résonance terrifiante : *La Main du diable*, *L'Assassinat du Père Noël*, *Le Loup des Malveneur*... Sans les avoir vus, on en joue des scènes avec mon frère et mes sœurs.

Les discussions sont souvent animées, on parle politique et beaucoup du Front populaire. Les protagonistes sont tous des patrons et s'expriment avec véhémence. Je suis trop jeune pour comprendre la teneur des discours mais je retiens des tableaux. Sur la place du Martroi, à Orléans, je tiens la main de mon grand-père, Albert Ier, en 1936. J'ai quatre ans. Le Front populaire défile, drapeaux rouges en tête. Rentré à la maison, je scande : « Vive le Front populaire, les serviettes partout » – au lieu des « soviets », en agitant la mienne. Hilarité générale.

En 1938, j'entends prononcer le nom d'Hitler. L'inquiétude des adultes est comme une menace qui me frôle. La Seconde Guerre mondiale joue un rôle essentiel. J'ai sept ans quand elle éclate et je rentre dans l'adolescence quand elle se termine. Mon père part comme lieutenant d'artillerie, nous laissant avec notre mère. Jusque-là, il était pour nous un héros de 14-18, guerre dans laquelle il était simple artilleur, les batteries des canons étaient encore transportées par des chevaux. Même s'il n'a pas évoqué devant moi ces années-là, j'ai vu ses médailles et je sais par ma sœur qu'il a été blessé plusieurs fois, je l'ai surpris lui racontant : « Si tu passes le doigt sur mon épaule, tu peux sentir l'éclat d'obus sous la peau. »

Chez nous à Auxerre, en 1940, la maison est occupée par des officiers allemands qui ont annexé un étage entier. Plus tard, à la libération, des officiers américains les remplaceront. Ma mère écrit à son mari absent :

« J'évite de regarder mes locataires, même quand je les croise dans le couloir. Ils sont très corrects, mais je ne leur parle pas. Personne ne leur parle. »

Je me souviens d'être allé voir mon père dans un village du nord de la France où il était avec ses soldats. Il dormait sous la tente. Il avait une ordonnance, quelqu'un à son service, j'étais épaté. Un jour de 1940, en permission, mon héros vient me chercher à l'école. Il est en uniforme, je repère son képi puis le galon sur son épaule. Comment, un seul galon ? Lieutenant toujours ? Alors il n'est pas passé capitaine ? Je relève le revers de sa veste pour vérifier qu'il n'y a vraiment pas de deuxième galon en bas de la manche. Je me souviens de mon geste et de l'étonnement de mon père : « Que fais-tu, Jean-Paul ? » J'étais certain qu'en quelques mois, il était passé capitaine et j'attendais sa nomination comme général. Il ne fait aucun doute que son armée gagnera.

Chaque matin, les troupes allemandes, musique en fanfare, paradent sur le boulevard circulaire bordé d'arbres. « Les enfants courent voir défiler les soldats, sauf Jean-Paul évidemment, toujours dans ses idées noires », écrit encore ma mère. Elle mentionne aussi que mes notes en classe baissent, que mon père me manque. Une fois encore, me reviennent des images. Les Allemands dans la maison. Je revois les jolis fauteuils dans le salon que les officiers ont réquisitionné. Tous les soirs, ils ferment les portes vitrées au travers desquelles je les aperçois buvant du cognac. Ils chantent et remontent quelques heures plus tard dans leurs chambres, ivres, titubant dans l'escalier. Pour moi, nous avons perdu la guerre. Mon père a perdu. Il est fait prisonnier en Poméranie mais revient en 1942 parce que père de quatre enfants.

Je reporte mon admiration sur mon oncle Albert. En mai 1940, à quelques jours de l'offensive allemande, il a épousé Arlette en uniforme de chasseur alpin. Je suis son garçon d'honneur. La guerre renforce le mythe. Il devient résistant en Angleterre, il surgira dans l'Aveyron où nous a entraînés l'exode et nous aidera à remonter vers Auxerre et à franchir la ligne de démarcation. Plus tard, en 1944, je le vois arriver un matin dans la cour au volant d'une Jeep. Il a troqué le béret plat des chasseurs alpins pour le béret rouge des parachutistes et part se battre en Hollande. Il me permet pendant quelques minutes de porter en bandoulière sa mitraillette Thompson. Paul, un autre frère de ma mère, est tombé fou amoureux d'une jeune fille d'Auxerre. Pour lui, la guerre n'existe plus, il ne pense plus qu'à cet amour et se marie. Ces événements marquants et ces figures familiales sont présents dans *La Vie de château*, mon premier film. Le résistant, et le héros, la jeune fille qui ne pense qu'à elle.

Nous continuerons nos visites à Bon Séjour pendant toute la guerre. Notre voiture à gazogène dégage une odeur épouvantable. Après quelques kilomètres, il faut la recharger avec du charbon de bois. La puanteur est telle que j'ai souvent mal au cœur. Nous allons de plus en plus rarement au hameau de mes grands-parents paternels. Ils me manquent, je ressens l'injustice de ce choix, la campagne a perdu contre la ville, mon père ne tient pas à rappeler ses origines.

Le royaume d'Albert Ier meurt peu à peu. J'ai eu longtemps un pincement au cœur en voyant parfois passer dans Paris des camionnettes portant encore les deux noms de l'Entreprise. À qui sont-elles ? Où se dirigent-elles ? Le château tient-il toujours debout ? Lorsque Albert Ier disparaît, il faut partager les meubles. On les tire au sort. L'humour Bornhauser perdure. Au soir du partage, Albert le second téléphone à sa belle-sœur et lui dit : « Marcelle, tu peux ranger ta méthode bleue. Ce n'est pas toi qui as récupéré le piano ! »

De ces repas de famille me reste le goût des récits. Adolescent, je prends le relais de mes oncles et deviens celui qui raconte. J'ai dans les poches des petits papiers avec des extraits d'histoires lues et entendues. La troupe familiale à la table du château me réclame : « Jean-Paul, raconte-nous une histoire. » Ils sont mes premiers spectateurs, je guette leurs réactions, lis sur leurs visages si l'histoire est bonne ou mauvaise.

Mais pour mon père, conteur n'est pas un métier. Quand il est revenu de la guerre, il a fallu redresser « l'Entreprise », il s'y est attelé avec courage, non seulement à Auxerre mais à Orléans pour venir en aide à mes oncles. En bon fils aîné, il est évident que je vais prendre la relève. Non seulement je suis nul en maths, en physique, mais pas très scolaire dans l'ensemble. Il finira par admettre que ça ne peut pas être moi. Et, en plus, je veux faire du cinéma ! On s'est déçus mutuellement et malheureusement, ça a duré. Quelque chose ne s'est pas passé entre nous.

Il se rabattra sur mon frère Philippe. Pas question de penser à sa fille Colette qui n'a même pas été jusqu'au bac et s'est mariée à dix-huit ans. Quand je repense à cette époque, dans cette province, je songe à Balzac. Pour moi, le XIXe siècle s'est arrêté en 1950. Mon frère Philippe fait front avec moi contre mon père, il réussira à reprendre les affaires et à vendre la société à un groupe anglais. Il s'installera à Paris et dirigera le Chauffage urbain.

Lorsque je termine le scénario de *La Vie de château* – titre qui ne doit rien au hasard, puisqu'une ferme et un château se retrouvent dans le film, mais aussi la guerre en toile de fond –, je ne trouve pas de producteur. Parler de choses graves avec légèreté laisse la profession perplexe. Je suis très déprimé quand mes parents louent un chalet à la montagne et m'y invitent en même temps que ma sœur Colette, son mari et leurs enfants. Lors d'une promenade, mon beau-frère Jean-Bernard m'interroge sur mes difficultés. Il me demande en quoi consiste la fonction de producteur. Après mes explications, il s'écrie : « En fait le rôle du producteur, c'est de trouver de l'argent. Alors pourquoi ne pas créer une maison de production, ton frère, toi et moi ? » Son idée me semble d'abord invraisemblable. Mais il persiste, rencontre mon agent, « il faut un capital minimum de 50 000 francs ». Qu'à cela ne tienne, Jean-Bernard va trouver des amis de la ville et les convainc d'investir. Pour boucler sa tournée auxerroise, il se rend au bureau de mon père. Il ose : « Je viens vous voir au sujet de Jean-Paul et de son projet de film qui est très bon. Il ne trouve pas de producteur et ça me fait de la peine, cela compte tellement pour lui. Je pense qu'on pourrait le produire en créant notre société. On va déposer les statuts, mais on a besoin d'un capital. » « Et alors ? Qu'est-ce que vous voulez que ça me fasse ? » s'exclame mon père. « Eh bien, j'ai demandé à des amis, mais il nous manque de l'argent, rétorque Jean-Bernard, ce serait logique que vous mettiez la somme manquante. Vous vous devez de le faire. » Dans le Morvan, on ne jette pas l'argent par les fenêtres, cela paraît une folie pour mon père qui prend très mal l'intervention de son gendre. Il fait quand même un chèque, qu'il lance par terre, obligeant Jean-Bernard à se mettre à genoux pour le ramasser. « Voilà pour le saltimbanque », dit-il.

2.

Ces années anciennes sont imprégnées de tant de sensations, d'émotions, de rêves, lieux, paysages, lectures, spectacles, tableaux entrevus, tant d'amours, de pertes, séparations, voyages, retrouvailles. Tout est expérience. Je lis beaucoup, encore des livres du XIXe siècle, Alexandre Dumas, Jules Verne, Maurice Leblanc, Victor Hugo, fascinants véhicules pour échapper à la grisaille de l'Occupation et assouvir mes rêves d'ailleurs. Comme dans un livre de Balzac, je vis dans une province obscure, faite de frustrations sexuelles et de coupures sociales.

Au lycée, je regarde les filles groupées sur un trottoir, alors que nous, les garçons, piétinons sur celui d'en face. Pas de pont entre ces deux univers. Les bâtiments où nous avons cours séparément ne communiquent pas. Quand on a treize ans, que l'on meurt de désir et d'amour pour une fille, c'est une aberration.

Pour ma génération, la traversée de la guerre est la grande aventure de l'enfance. *La bête est morte !* d'Edmond Calvo, paru en 1944 avant la fin du conflit, récit métaphorique dans lequel Hitler est un loup et Goering un cochon, est une découverte cruciale.

Mes parents vont peu au cinéma, même s'il y a trois salles à Auxerre. Avant la guerre, je vois néanmoins quelques films, *Blanche-Neige et les sept nains*, et *Robin des Bois* de Michael Curtiz avec Errol Flynn. Le premier film de fiction qui me marque profondément. Et comme dans *Cyrano*, décidément, on s'y bat à l'épée ! Pendant longtemps, le cinéma est le lieu des duels, ce que l'on retrouvera dans trois de mes films. Mes parents m'emmènent voir *La Couronne de fer* d'Alessandro Blasetti en 1941. À neuf ans, je suis impressionné par les courses de chars que j'ai encore en mémoire. La même année, *Premier Rendez-vous* d'Henri Decoin avec Danielle Darrieux et Louis Jourdan, m'emballe. Puis en 1943, avec notre répétitrice, amoureuse de Jean Marais, ma sœur Élisabeth et moi voyons *L'Éternel Retour* de Jean Delannoy, Madeleine Sologne me fait beaucoup d'effet. Avec l'entrée en guerre, le monde cinématographique s'efface au profit du théâtre.

Nous assistons avec ma mère à une représentation du *Tour du monde en 80 jours* de Jules Verne. Je me souviens d'un train sur la scène, un bateau dans une jungle, la salle de théâtre dans la fumée. Alors que mon père est sévère et peu communicatif, ma mère nous parle avec passion du monde artistique qui la fait rêver. Elle lit le journal *Comœdia* qui tombe souvent entre mes mains, elle nous conte les longues années où elle a été pensionnaire dans un institut religieux, en Savoie, à la frontière suisse. Elle était, dit-elle, la reine de la pension, la meilleure comédienne des spectacles de jeunes filles – je n'ai jamais vérifié !

Les artistes ont de plus en plus de difficultés à se produire et beaucoup sillonnent les provinces. La troupe du Regain vient deux fois par an en Bourgogne. Je les attends avec impatience, je vois jouer des pièces de William Shakespeare, d'Alfred de Musset, de Beaumarchais. La représentation d'*Hamlet* me saisit. Je suis encore un enfant et le récit du père tué par son oncle – je songe à l'oncle Albert – puis la figure silencieuse de ce père, menace au repos, trouvent en moi un écho. En rentrant à la maison, je me précipite vers Colette, ma sœur aînée : « J'ai vu une pièce formidable, incroyable ! Le fantôme du père apparaît au héros et lui demande de le venger. Si on jouait la scène aux parents ? » Sans attendre sa réponse, j'ouvre les portes du salon, improvise un plateau dans l'encadrement, assois mes parents dans la pièce qui fait face, et Colette et moi jouons le début de la pièce. Je tiens le rôle d'Hamlet, ma sœur, recouverte d'un drap blanc, incarne le fantôme du père. Ma mère s'enthousiasme, mon père reste silencieux.

En 1943, j'intègre la troupe de théâtre du lycée. Curieusement, seules les classes de philosophie sont mixtes, les lycéennes viennent donc suivre les cours de philo dans les classes des garçons et nous en profitons pour leur offrir les rôles des héroïnes de nos spectacles. Notre troupe est animée par un professeur d'anglais, Monsieur Girard, célibataire assez séduisant, que nous soupçonnons d'avoir des relations inappropriées avec les jeunes filles. Quant à moi, je joue dans beaucoup de pièces – jamais le rôle principal –, dont *Les Fourberies de Scapin*, d'Oliver Goldsmith, où je suis Silvestre le valet d'Octave. L'un de mes plus proches camarades, Jean Herman, qui deviendra réalisateur puis écrivain sous le nom de Jean Vautrin, incarne un officier méhariste dans *Sud* de Julien Green. Je rejoins aussi souvent Les Branquignols, les comiques de première partie, très inspirés du spectacle de Robert Dhéry que je découvrirai plus tard à Paris. Et je voue un culte à Louis Jouvet. Quand j'aurai l'âge de prendre le train seul, j'irai voir ses mises en scène de Molière : *L'École des femmes*, *Dom Juan*, *Le Misanthrope*... Les dialogues et les noms perdureront avec les années, « Ah Monsieur Dimanche, approchez », dit Dom Juan. Dans *La Vie de château*, Pierre Brasseur dira : « Je m'appelle Dimanche, Vendredi dans le maquis ! »

J'irai jusqu'à aller voir Louis Jouvet sur son lit de mort. On entre par l'entrée des artistes, rue Auber, il y a foule, on fait la queue dans l'escalier. Une image encore très présente. J'ai dix-neuf ans et je viens d'arriver à Paris.

Après 1944, cette fois, le cinéma remplace le théâtre. Je n'ai plus besoin d'être accompagné, je peux y aller seul. Je vois et revois *La Ruée vers l'or* de Charlie Chaplin. Je croise des soldats américains qui font une pause avant de partir vers Bastogne et je baragouine : « Do you know Chaplin, *The Gold Rush* ? » Ils comprennent à peine de quoi je parle, ils sont là pour libérer la France ! Pour moi, les films et l'Amérique sont forcément liés. Viennent *La Chevauchée fantastique* de John Ford, *To Be or Not to Be* d'Ernst Lubitsch. Je verrai ce dernier trois fois en quelques jours et le considérerai comme un chef-d'œuvre absolu. Une partie de *La Vie de château* vient de là : oser une comédie en montrant ces Allemands qui nous ont occupés ! Puis, le choc *Citizen Kane* cristallise mon désir de faire du cinéma. Orson Welles a vingt-cinq ans, c'est son premier film, je suis estomaqué. Je le regarderai toute ma vie régulièrement, le montrerai à mes fils, à mes petits-enfants. L'*Hamlet* de Shakespeare revient dans ma vie grâce à son adaptation au cinéma. J'ai une révélation devant le film de Laurence Olivier qui fait le lien entre mon goût du spectacle, mes fantasmes anciens de théâtre et le récit filmé, raconté en images.

Le cinéma français arrive un peu plus tard grâce à mon amour pour Louis Jouvet dont je vais voir tous les films : *Entre onze heures et minuit*, *Copie conforme*, *Quai des Orfèvres*. Je découvre aussi *Les Enfants du paradis*, *La Règle du jeu*, *Le Bataillon du ciel* d'Alexandre Esway, d'après Joseph Kessel, avec Pierre Blanchar, sur les parachutistes basés à Londres pendant la guerre. Il m'inspirera un court-métrage en photos fixes intitulé *Paratroops*, en hommage à mon oncle Albert.

En 1947, le docteur Pierre Scherrer, le père du futur grand couturier, Jean-Louis Scherrer, fonde Le Sélect, le fameux ciné-club d'Auxerre. Après avoir été dans la Résistance et s'être engagé dans l'armée, le docteur dirige l'hôpital psychiatrique de la ville qui, pendant la guerre, a été le siège de la Gestapo. Les résistants (dont Jorge Semprún, qui le raconte dans un livre) y étaient torturés avant d'être envoyés dans les camps.

Pierre Scherrer aime le cinéma, il a une fibre artistique, est proche d'Alain Cuny et de Balthus. Mes camarades de lycée et moi fréquentons assidûment son ciné-club. Nous y voyons essentiellement les grands classiques du cinéma muet soviétique comme *Le Cuirassé Potemkine* d'Eisenstein, *La Terre* de Dovjenko ou les films de Poudovkine. Dans les mois qui suivent la création du Sélect, le docteur Scherrer demande à ses habitués de dresser une liste des classiques qu'ils souhaitent voir. Je fais immédiatement de l'intox auprès de mes camarades, rédige une liste et leur demande de la recopier. Quand Scherrer les dépouille, vingt-quatre sont identiques. Il s'exclame : « Je considère qu'un seul de vous a répondu, sans doute Rappeneau, donc une voix pour cette liste ! » Je viens de lire l'*Histoire du cinéma* de Maurice Bardèche et Robert Brasillach qui portent aux nues *La Mère* de Poudovkine, j'ai donc mis ce film en tête, avant des films muets nordiques.

Les discussions enflammées entre le docteur Scherrer et notre professeur de philosophie, Monsieur Fleuret, nous passionnent. Fleuret est communiste, comme tout le milieu universitaire de l'époque, alors que Scherrer est de droite, un peu royaliste (son unité de résistance s'appelait Royal Morvan, avant qu'il ne rejoigne de Lattre de Tassigny). Le cinéma est politique. Les joutes verbales, brillantes. Encore des duels.

Monsieur Fleuret, un type intelligent, fan de romans américains dont ceux de John Dos Passos, profite de la projection de *Citizen Kane* pour dispenser un cours fabuleux sur la société américaine. Je songe aujourd'hui que le film de Welles aurait pu être un grand roman américain. Le scénario est sensationnel, la mise en scène, inouïe. En rentrant à pied après le débat autour du film, je repense à l'éclat de la photo, au jeu des acteurs, à leurs voix. Je veux faire du cinéma, il n'y a pas d'autre métier possible !

Je deviens lecteur assidu de *Cinémonde*, *Ciné-Revue*, toutes les publications professionnelles. J'idolâtre Juliette Faber, une actrice française, jusqu'à ce que je découvre Rita Hayworth dans *La Reine de Broadway*. Puis *Gilda*. Je lui écris, lui raconte ma petite ville de province où nous avons fondé le « Hayworth Club ». Elle m'envoie une photo dédicacée que je conserverai comme un fétiche. J'apprends par la presse qu'elle réside à Paris, à l'hôtel Lancaster, rue de Berri. Je prends le train et passe une journée à l'attendre, sur le trottoir, en face de l'hôtel. Elle finit par apparaître, je reste pétrifié, la regarde entrer. Non seulement Orson Welles est un cinéaste de génie, mais il est aussi marié à la plus belle femme du monde !

Le cinéma envahit mon existence, je vis pour lui, et mes études passent après, au grand dam de mon père.

Un jour de 1949, je rentre du lycée, emprunte les mêmes rues, passe devant la boutique du photographe, rue de Paris. Dans la vitrine trône une caméra 16 mm. Une Paillard-Bolex, une marque suisse. L'obsession commence, je harcèle mes parents, il me faut cette caméra. C'est l'année du premier bac, ils y voient une aubaine : si je réussis, ils me l'offriront. Ils ont vu juste, leur promesse me dope. J'obtiens mon bac et, dès le lendemain, ils entrent tous deux dans ma chambre avec une boîte en carton rouge. J'ai ma caméra ! Le soir même, je me lance dans l'écriture de mon premier scénario. Sur une petite table dans un angle de ma chambre, derrière un paravent – ce même paravent qui se tiendra dans mon bureau et près duquel j'écrirai tous les autres. En une heure, j'ai terminé. Il s'intitule *Un garçon bien sage*. Un film muet, vision caricaturale d'une province étouffante où un lycéen mène une vie étriquée, s'ennuie dans une famille très terne. Fils unique, coincé entre son père et sa mère, le jeune garçon va chaque jour à l'école, ne moufte pas, baisse la tête. Jusqu'au jour où il croise des gars qui le secouent, le font boire, lui présentent des filles. La tête lui tourne. Un soir, sous l'emprise de l'alcool, il casse tout dans sa chambre. Ses parents arrivent comme des fous. Il leur jette des objets au visage. Un moment de révolte qui ne mène nulle part, et ça se termine là. On s'éloigne dans la nuit, la mère pleure. Je joue le garçon ; ma mère, la mère du garçon ; Henri Brochet, le père – il est le cousin d'un ami et fait partie d'une troupe officielle de théâtre en ville. Je retrouverai une photo du tournage sur laquelle on voit les deux rigolos qui m'assistent, des camarades de classe avec qui je fais la première partie des spectacles du lycée. Sur la photo est écrit : « les branquignols ». L'un d'eux est script, l'autre chef opérateur. Quand je ne joue pas, je cadre moi-même. Je fais développer les bobines chez Kodak. Un réalisateur en herbe me prête sa colleuse, me montre comment l'utiliser, encore un médecin. Le cinéma amateur compte beaucoup de médecins, c'est leur passe-temps favori. J'emprunte un projecteur au photographe de la rue de Paris, Monsieur Coqueugniot, à qui mes parents ont acheté la caméra. J'invite ces derniers dans ma chambre. J'accroche au mur un drap blanc et leur projette *Un garçon bien sage*. Comme pour *Cyrano*, puis pour *Hamlet*, ils sont mon public privilégié. Anxieux, je guette leurs réactions, je crains qu'ils ne s'ennuient, le film n'est pas encore sonorisé, dure vingt minutes, le silence peut être pesant. Mon père, comme à son habitude, n'exprime rien. Quand je l'interroge, il répond par une question : « C'est un garçon qui sort ? » Ce qui me laisse perplexe. Ma mère est la spectatrice idéale, admirative et ravie de faire partie du casting. Elle est d'ailleurs formidable. Quelle actrice elle aurait pu être !

Je suis de nouveau accaparé par autre chose que mes études, je tourne l'année de ma terminale, le jeudi, le week-end, je fais des raccords, obsessionnellement, la ruse de mes parents ne tient pas deux ans. Je rate le bac philo et dois redoubler. Comment ma mère parvient-elle à l'annoncer à mon père ? Sans doute sait-elle s'y prendre, ce n'est pas la première fois qu'elle doit l'affronter à mon sujet. Elle me rappelle que lorsque j'avais dix ans – mon père venait de rentrer du front –, elle est allée voir mon instituteur. Elle lui a dit fièrement : « Ça se passe plutôt bien pour Jean-Paul, non ? » L'instituteur a eu l'air atterré : « Mais enfin vous voyez ses notes désastreuses ? Vous avez signé son cahier toutes les semaines ! » Il lui a tendu le fameux cahier et ma mère a compris que j'avais imité sa signature pendant toute l'année. Par précaution, pour éviter la colère paternelle, j'avais pris les devants. Je ne voulais pas qu'il me persécute pour mes notes. Mon père est costaud, bourru, assez violent. Je le revois courant à une vitesse folle après mon frère sanglotant. Je le crains un peu et ne veux pas l'entendre hurler, ma mère fait tampon.

Mon adolescence se poursuit entre l'ancrage dans une campagne profonde et le mythe de la ville. Pour moi, Paris n'existe pas encore vraiment. La capitale c'est Orléans. Quand je passe les épreuves du bac à Dijon, j'ai l'impression d'aller à New York ! Paris est le rêve de ma mère, qui aura une grande influence sur moi.

Hélène, une de ses amies proches, fille de notre médecin de famille, épouse un garçon d'Auxerre, Gilbert Orcel, qui est modiste. Les chapeaux gagnent du galon pendant la guerre, il n'y a pas d'électricité pour aller chez le coiffeur, les femmes se coiffent donc peu et portent des chapeaux. Les modistes sont presque autant considérés que les créateurs de mode. Gilbert a beaucoup de succès et les Orcel s'installent à Paris. Ma mère ne jure que par eux : « Il faut aller voir tel film, telle pièce, les Orcel ont adoré. » Ils sont les ambassadeurs de la capitale. Ce sont eux qui nous ont pris des places pour *Cyrano* en se trompant de pièce. Les aspirations de ma mère trouvent leur aboutissement. Il y a, au-delà d'Orléans et du château de mon grand-père, une lumière qui scintille au loin : ce sont les Orcel à Paris. Ma mère s'y rend régulièrement. Gilbert lui dit qu'elle a une tête à chapeau, elle les porte si bien qu'elle pose pour des photos avec ses créations. Je retrouverai des photos d'un bal sur lesquelles on voit Orson Welles avec Hélène. Ma mère a des amis parisiens et, en plus, ils frayent dans le Tout-Paris ! Aujourd'hui, elle et son amie seraient des lectrices de *Voici*. Dans *La Vie de château*, lorsque Catherine Deneuve veut quitter son mari pour fuir avec Henri Garcin, on la voit sortir en courant avec un immense chapeau qui pourrait être de Gilbert Orcel. Elle s'est habillée pour l'occasion, alors que jusque-là, elle était vêtue d'une simple blouse. Marc Dolnitz, qui signera les costumes, me suggérera que Catherine Deneuve porte ce chapeau et me dira : « Dans le style de ce modiste Gilbert d'Orcel qui travaillait pendant la guerre, tu en as entendu parler ? » Je m'exclamerai : « Évidemment, c'est un grand ami ! »

3.

Ma mère insiste pour que je redouble ma terminale à Paris. Ainsi commence ma vie de citadin. Je loge chez une vieille dame dans le dix-septième arrondissement et suis inscrit au lycée Pasteur à Neuilly-sur-Seine. Je commence à rêver d'un avenir dans le cinéma. Mais avant cela, je dois avoir mon bac et m'inscrire en droit, mon père y tient absolument. Je n'évoque pas mes aspirations personnelles. Je suis un peu perdu dans la capitale. À Dijon où j'ai préparé le premier bac, les lycéens de toute la Bourgogne se retrouvaient et je reconnaissais des camarades, des filles aussi, je commençais à flirter. Paris me renvoie à mon statut de petit provincial. Je ne connais pas les codes. Je m'accroche plus que jamais à mon désir de cinéma. Dans la revue *Ciné Amateur*, j'ai lu des articles signés Édouard Molinaro. Ce dernier raconte qu'il fait des films, qu'il a gagné un prix. Je lui ai écrit : « J'ai réalisé un court-métrage mais je ne sais qu'en faire. » Il m'a répondu, il a quatre ans de plus que moi, est déjà assistant réalisateur et fait des films de commande. Je le rencontre quelque temps après mon arrivée dans la capitale. Il anime un club de cinéastes amateurs au sein duquel mon court pourrait être vu. *Un garçon bien sage* est programmé. La presse professionnelle mentionne mon film et me redonne espoir. « Chercheur isolé, Auxerre ne possédant pas de Club, Jean-Paul Rappeneau, dix-sept ans, élève de philosophie, a pu réunir une équipe de jeunes et tourner ce film qui traite des rapports de l'adolescent et de sa famille. Cette œuvre curieuse a étonné bien des vieilles manivelles. Indépendamment de l'intérêt du sujet, le film témoigne d'une maîtrise de la mise en scène peu commune. Jean-Paul Rappeneau, qui est ambitieux, et il a raison, prépare un film qui aura pour cadre tout simplement la guerre civile espagnole. Pour qui sonne le glas ? Sûrement pas pour ce jeune audacieux qui fera parler de lui. » « On sort bouleversés de la projection de ce film. On y sent une violence qui n'a son équivalent que dans *Zéro de conduite* de Jean Vigo, et peut-être dans certaines scènes de films soviétiques comme *La Mère* ou *Le Cuirassé Potemkine*. » Restons calme ! Mais décidément Poudovkine me poursuit ou bien me porte chance !

Deux clubs de cinéastes amateurs sont en rivalité à Paris, le CAC, Club des amateurs cinéastes, mené par Édouard Molinaro, et la SCA, Société de cinéma d'amateurs, par Jean Dasque. Les adhérents du premier club me disent que le second ne réunit que des incapables et me somment de les rejoindre. Ce que je fais. C'est vertigineux. J'ai l'impression d'accéder au monde sacro-saint du cinéma, tout me semble possible, « au royaume des aveugles, les borgnes sont rois ! ».

Cette fois, je fais ce qu'il faut pour obtenir mon bac, pas question de tripler ma philo. Et je persévère. Muni de ma précieuse caméra, je mets en route un deuxième film : *La Maison sur la place.* J'imagine une histoire en deux parties : elle commencerait entre dix-sept heures et dix-huit heures, et se poursuivrait le même jour entre dix-neuf heures et sept heures du matin, place Saint-Sulpice. Sur une musique d'Erik Satie, ce deuxième film est sonore. Après *Citizen Kane*, Louis Jouvet, Lubitsch, je fais une fixation sur Vittorio De Sica, je viens de voir *Le Voleur de bicyclette.* Une histoire quotidienne d'un type dans la rue à qui on vole son vélo. L'esthétisme du néoréalisme me séduit totalement, des péripéties quotidiennes, le plus simplement possible.

La Maison sur la place commence au moment des résultats du bac. Tous les garçons et les filles accourent pour les avoir. À dix-sept heures, on les affiche. Un des garçons n'est pas reçu. Il s'attarde. Petit à petit, tous les élèves s'en vont, reste une fille, recalée elle aussi. Ils sont amenés à parler, ils sortent du lycée. Le soir tombe, ils traînent dans Paris. Les autobus passent dans la nuit. Elle n'ose pas rentrer chez elle, place Saint-Sulpice, la maison sur la place. Finalement, elle s'apprête à entrer dans l'immeuble quand elle aperçoit ses parents qui plaisantent. Ils se fichent pas mal de savoir si elle a eu son bac ou non. Ils vont chez le garçon qui loue une petite chambre chez une vieille dame. Est-ce qu'ils font l'amour ? On ne le sait même pas, je filme les reflets au plafond ! Le matin, la fille rentre chez elle. Il ne se passe pas grand-chose, mais pour moi c'est exactement la vie.

Au début de ma première année de droit, je m'ennuie à périr, je rencontre une très jolie fille, Pierrette Carvallo, dans un café du Quartier latin. Je lui dis que j'ai écrit un film et lui propose de jouer le personnage féminin. Je frime un peu, j'en rajoute, j'aime faire mon intéressant. Je suis fou d'elle comme je le serai de toutes mes actrices. On se reverra quelques fois les années qui suivront. Plus tard, quand je serai l'assistant de Molinaro, elle viendra me voir sur un tournage et il tombera amoureux d'elle. Elle deviendra sa femme et la mère de sa fille.

Le ton de *La Maison sur la place* est mélancolique – la comédie est encore loin – et reflète un peu la solitude de ma vie parisienne. Mon film est projeté à une séance du ciné-club du Quartier latin. Derrière moi, il y a Jacques Rivette, Claude Chabrol et d'autres. C'est le début de la bande des *Cahiers du cinéma*, je les entends discuter. Après la projection, l'un d'eux parle de moi : « Au fond, c'est un naïf. » Je suis un peu vexé. Et secoué. Il ne s'agit plus de s'amuser, beaucoup des membres du club veulent faire des longs-métrages, mais plus en amateurs. Je songe : « Mon truc, est-ce vraiment de faire simple ? D'être obsédé par l'idée de maîtriser le "rien" comme chez Ozu ? » Je l'admire pour son talent à rester fixe, face à une table, avec seulement une tasse qui bouge. Je vois un nouveau film de De Sica, *Miracle à Milan*, puis je découvre d'autres réalisateurs, pour beaucoup italiens, Michelangelo Antonioni avec *Chronique d'un amour*, Luchino Visconti avec *Senso*, Federico Fellini avec *Les Vitelloni*, et surtout *Huit et demi*. Les westerns, les comédies musicales : *Chantons sous la pluie*, *Un Américain à Paris*, *Tous en scène*. L'élégance visuelle et le romanesque de George Cukor dans *Une étoile est née*. Je marche beaucoup dans Paris en rentrant du cinéma, empli de mes rêves d'avenir. *Les Girls* toujours de George Cukor. Les comédies américaines que je n'ai pas vues pendant la guerre et qui seront déterminantes pour affiner mon désir. *La Scandaleuse de Berlin* avec Jean Arthur et Marlene Dietrich, de Billy Wilder – j'aurai la chance de le rencontrer par la suite. Un officier enquête sur les accointances du personnage joué par Marlene avec les nazis, elle s'en défend avec véhémence jusqu'à ce qu'il tombe sur une photo où on la voit rigolant avec Hitler. Oser cela dans une comédie m'époustoufle. Et puis Frank Capra, *La vie est belle*, *Vous ne l'emporterez pas avec vous*, d'autres films de Lubitsch, *La Huitième Femme de Barbe-Bleue*, *Ninotchka* avec Garbo, Howard Hawks avec *L'Impossible Monsieur Bébé* avec Cary Grant et Katharine Hepburn, et surtout *La Dame du vendredi* avec ce débit comme une mitraillette de l'actrice Rosalind Russell – j'apprendrai qu'Hawks chronométrait ses répliques pour lui faire encore gagner quelques secondes. J'y repenserai en dirigeant Catherine Deneuve dans *La Vie de château*.

En 1951, je suis récompensé à Cannes en compétition internationale du Festival des films amateurs dans la catégorie scénario pour *La Maison sur la place*. Je sens que cela fait une grande impression dans le milieu d'amateurs où j'évolue. Je voudrais viser plus haut. Je me sens porté par les centaines d'heures passées devant des films au cinéma. Je sais ce qui m'emballe et je rêve de réaliser une comédie. Tout cela ne se sent pas encore dans mes premières réalisations. Comment aller plus loin ? Je continue de voir Édouard Molinaro. C'est le seul véritable ami que je me suis fait, il m'a pris sous son aile comme un grand frère. Le temps s'écoule un peu tristement, j'ai un côté Petit Chose d'Alphonse Daudet. En province, j'étais le roi de la fête, entouré et soutenu dans mes projets par mes camarades, ici je suis solitaire. Je me mets à fréquenter les séances du Studio Parnasse animées par son directeur Jean-Louis Chéray. Lors d'une projection d'*En quatrième vitesse* de Robert Aldrich en 1955, j'identifie de nouveau la bande des *Cahiers du cinéma* au premier rang. À la fin de la séance, j'ose lever la main pour prendre la parole : « J'ai remarqué plusieurs fois, sur le mur, l'ombre de la caméra… » Un des gars de la bande m'interrompt et crie d'un air méprisant : « Oui, parce que ça fait mieux ! » C'est Claude Chabrol. Je suis humilié mais plus déterminé que jamais.

Édouard me voit perdre mon temps à tenter de faire du droit. « Tu ne peux pas continuer comme ça l'année prochaine », me répète-t-il. « Mais ce sont quand même mes parents qui payent mes études. » « Est-ce qu'ils viennent de temps en temps à Paris ? » « Oui, assez régulièrement. » « Bon alors, je vais leur parler. » « Comment ? Tu es sûr ? Tu sais, mon père n'est pas commode… » « Fais-moi confiance. »

Mes parents débarquent alors que l'année scolaire touche à sa fin. Je leur donne rendez-vous au café Le Colisée qui n'existe plus aujourd'hui. Nous prenons un verre quand Édouard surgit en cravate, tenue inhabituelle pour lui. Il réussit son coup et fait très bonne impression. C'est surtout mon père qu'il faut convaincre, ma mère est acquise à ma cause. Édouard se lance : « J'ai vu le film de votre fils et je peux vous dire qu'il est très doué. Il a le sens de l'image. Je ne comprends pas pourquoi vous lui faites faire du droit. Pourquoi ne fait-il pas du cinéma, puisque c'est ce qu'il veut faire et qu'il y excelle ? » « Est-ce qu'on gagne sa vie dans le cinéma ? » demande mon père. « Oui, c'est mon cas, répond Édouard, je viens de Gironde et je suis assistant mais il y a beaucoup d'autres métiers dans le cinéma, ce qui est certain c'est qu'à la fac, il perd son temps », poursuit-il, catégorique. Mon père, submergé par ses explications, finit par céder. Je suis autorisé à arrêter mes études de droit. Je ressens un immense soulagement bien qu'un peu d'appréhension devant le vide. Plus tard, en rencontrant les jeunes cinéastes sortant de l'Idhec, la grande école de cinéma, ancêtre de la Fémis, je m'interrogerai sur le fait que personne n'a eu cette ambition pour moi.

Suite à cette rencontre, ma mère s'est réveillée et décide d'agir. Je vais faire du cinéma, elle en est certaine, elle a repéré depuis longtemps mon goût pour le spectacle. Je vais être celui qui va reprendre le flambeau qu'elle n'a jamais vraiment brandi ! Comment s'y est-elle prise exactement ? Je l'ignore, mais elle se débrouille pour inviter à dîner à Auxerre un grand distributeur de films, domicilié en Bourgogne. Son but est de le charmer lors d'un repas – il faut dire que c'est une grande cuisinière – et de lui glisser que son fils cherche du travail. L'invité propose de me donner une chance avant le dessert : « Parfait, envoyez-le-nous. En ce moment, on tourne *La Dame aux camélias* de Raymond Bernard avec Micheline Presle. On trouvera quelque chose pour lui. » Quelle surprise ! Je reçois un matin un coup de fil de ma mère me sommant de me présenter sur le plateau de tournage le lundi suivant. J'ai enfin ma chance, pourtant quelque chose cloche, les heures passent, je suis un observateur ravi mais on ne me donne aucune tâche à remplir. Quelqu'un finit par s'exclamer : « Mais enfin, qu'est-ce que vous foutez là ? » Personne n'avait prévenu l'équipe et les techniciens pensaient que j'étais le petit ami du comédien ! Le lendemain, je deviens officiellement stagiaire sur le film. Je suis chargé d'avertir les acteurs quand ils doivent être sur le plateau. Tout me plaît, l'ambiance du tournage, le côté famille de l'équipe, la cantine, les techniciens, les machines, les lumières. Je jubile et en plus, je touche un peu d'argent à la fin de chaque semaine. Je me lie avec le régisseur, et j'enchaîne d'autres films comme stagiaire réalisateur, puis comme second assistant, beaucoup de films commerciaux sans grand intérêt. Mais je me rends indispensable, efficace. On repère ma passion, et ma connaissance du métier qui s'aiguise peu à peu. En 1953, je suis assistant sur *La Belle de Cadix*, encore mis en scène par Raymond Bernard, dans lequel je joue un petit rôle, puis *Leur dernière nuit* de Georges Lacombe avec Jean Gabin et Madeleine Robinson en 1954, *Les Fruits de l'été*, toujours de Raymond Bernard avec Edwige Feuillère et Etchika Choureau, en 1955. On me demande un jour si je suis impressionné par la difficulté d'une scène avec des chevaux. Je réponds : « Oh, je ferais beaucoup mieux ! »

4.

Je suis anéanti lorsque je dois m'interrompre en 1953. Je suis appelé pour le service militaire. J'ai vingt et un ans, il est trop tard pour faire l'Idhec, j'ai pris la voie de l'assistanat, mais voilà que tout est mis en péril. J'ai la chance d'être placé au département cinéma de l'armée. Un moindre mal. Je dois faire mes classes à Vernon pendant l'été, avant mon intégration en septembre. Quelques jours avant – y a-t-il des hasards ? –, j'ai un accident de scooter et je me casse le bras. Mon intégration est repoussée, je me présente à la caserne avec plusieurs semaines de retard. On me conduit dans la chambre des troufions. Nous sommes deux par rangée ; entre les deux lits, une petite armoire métallique pour nos affaires. Mon voisin de chambrée arrive dans son uniforme. C'est Alain Cavalier. Quand il ouvre son placard, je remarque des reproductions de Paul Klee. J'engage la conversation, l'interroge sur son goût pour la peinture. Très vite, nous nous découvrons des affinités et devenons amis. Grâce à lui, je rencontre ceux dont j'aurais dû croiser le chemin en faisant l'Idhec. Alain habite rue Gay-Lussac à Paris, il vit avec une jeune monteuse, Denise de Casabianca, et, tous les mardis, ils organisent une table ouverte, on n'y mange pas beaucoup mais c'est un rendez-vous pour les amis de la planète cinéma. Les mardis de la rue Gay-Lussac dont je profite pendant mes permissions me plongent dans le monde auquel j'aspirais. Cette fois, j'identifie la bande des *Cahiers* dont je lis régulièrement les articles, ils y vont et viennent. Jacques Rivette, François Truffaut, Éric Rohmer, Claude Chabrol qui fait le clown, Jean-Luc Godard dans son coin, les bandes se forment. Ce sont des jeunes, comme moi, qui ont tous envie de réaliser leur premier film et, d'une certaine manière, les fréquenter démystifie le mythe du cinéma français professionnel.

À la fin de mon service militaire, Édouard Molinaro, avec qui j'ai gardé des liens, me propose d'être son second assistant. Il travaille surtout dans le cinéma industriel, les films qu'on disait subventionnés – de courts documentaires qui devaient obligatoirement passer en salle avant les longs-métrages. La plupart sont en fait des spots publicitaires, commandités par des agences, qui passent pour des courts-métrages. Je l'assiste sur *Les Biens de ce monde* et *Appelez le 17*, puis je suis engagé par René Lucot, qui s'illustrera par la suite à la télévision, pour *Six Mois plus tard*. J'aspire toujours à plus, je reviens comme assistant sur un long-métrage : *Les Suspects* de Jean Dréville, avec Charles Vanel et

Anne Vernon, en 1957. Ma vie change, je rencontre une fille qui compte, et ça m'occupe beaucoup.

Un soir, lors d'une réunion chez Alain, débarque un de ses amis, plein de charme, auréolé d'une palme d'or à Cannes obtenue pour *Le Monde du silence* qu'il a co-réalisé avec Cousteau. C'est Louis Malle. Nous sympathisons tout de suite. Je suis intéressé par son parcours différent, il a commencé comme plongeur dans l'équipe de Cousteau, il n'a pas fini l'Idhec mais en a retenu quelques leçons. Grâce à cela, il est devenu conseiller sur le film, l'univers sous-marin n'étant pourtant pas son sujet de prédilection. Il me confie vouloir absolument profiter du succès de cette palme d'or pour faire un film de fiction avec des acteurs. C'est Alain, lors d'un voyage, qui déniche chez un marchand de journaux, à la gare, le livre de Noël Calef : *Ascenseur pour l'échafaud*. Il le lit dans le train et, à peine arrivé, le donne à Louis qui, séduit lui aussi, en achète les droits. Alain sera son assistant sur le film. Et sur le suivant, *Les Amants*. Au même moment, Édouard se lance dans la préparation de son premier long-métrage, *Le Dos au mur*, qui sortira en 1958. Je ne peux pas travailler avec lui car « c'est une production très lourde et je n'ai pas assez d'expérience », me dit-il. Il est « obligé » de prendre Claude Sautet, qui a déjà été premier assistant sur de nombreux longs-métrages. Ce Claude Sautet devient « l'ennemi » ! Mais Édouard poursuit : « Il n'y a pas que des mauvaises nouvelles. Je me suis engagé à réaliser un court-métrage financé par une compagnie d'assurances en sous-marin, la Phœnix, je peux te recommander, je leur dis que je te supervise et que tu le fais ! »

Je me lance sans hésiter. Avec Alain Cavalier, nous écrivons rapidement un scénario, une histoire d'assureur qui se passe à Auxerre. Le film est interprété par Yori Bertin, l'une des héroïnes d'*Ascenseur pour l'échafaud* à laquelle Alain tient beaucoup, et Marcel Cuvelier, aussi dans *Ascenseur*, un très bon acteur de théâtre qui, tous les soirs, joue dans *La Leçon* et *La Cantatrice chauve* qu'il a mis en scène avec l'auteur, Eugène Ionesco, au Théâtre de la Huchette. Dans une ville de province, une fille remarque un homme mystérieux qu'elle croise dans les endroits les plus divers. Chaque fois, l'homme donne de l'argent aux personnes qu'il rencontre. Elle se met à le suivre. Il se trouve que le frère de cette fille possède un club hippique. Les chevaux se mêlent à l'histoire. Même dans ce club hippique, elle revoit l'énigmatique personnage sur lequel elle se met à fantasmer. On apprend à la fin que c'est un assureur. Dans le film qui dure douze minutes se déroule une myriade de petites histoires. François Leterrier est mon assistant – il était celui de Louis pour *Ascenseur pour l'échafaud* et ils sont restés proches. Marie-Josèphe Yoyotte fait le montage – plus tard, elle montera avec moi *Le Sauvage* et *Tout feu tout flamme*. Maurice Jarre signe la bande originale. Il compose la musique des spectacles du TNP de Jean Vilar, en particulier celle de *Ce fou de Platonov* que j'ai beaucoup aimée. Je lui ai donc demandé de travailler sur mon court-métrage. Il dira plus tard avoir été frappé par mon angoisse devant cette première réalisation. Mon assistante s'appelle Colette Leloup. Après nos journées de travail, elle rejoint un mystérieux type, planqué derrière les voitures de l'autre côté de l'avenue. J'essaye de savoir qui il est, Marie-Josèphe ne peut rien me dire, le mystère s'épaissit et fait écho au scénario. Ou est-ce moi qui suis trop imprégné de l'atmosphère du film ? J'apprendrai bien plus tard qu'il s'agit de l'écrivain Jorge Semprún que Colette finira par épouser. C'est l'époque où ils sont clandestins et vivent en France sous d'autres identités. Le film, *Chronique provinciale*, sort en 1958 et est présenté au Festival du court-métrage de Tours l'année suivante. Il obtiendra le prix du meilleur film. En lisant ce qu'on en dit dans les revues professionnelles, je prends peu à peu confiance : « L'un des très rares films présentés qui raconte une histoire originale. » « Une sorte de film publicitaire sur l'utilité des assurances, mais la réalisation fourmille de notations insolites et baroques. Chaque personnage est prestement décidé. La chronique s'achève joyeusement. Les acteurs sont excellemment dirigés, particulièrement, Yori Bertin, dont le rire et la frimousse sont charmants. » En faisant son premier film, Édouard Molinaro m'a permis de réaliser mon premier court-métrage en 35 mm !

On est à la fin des années 1950, pleine période d'effervescence de la Nouvelle Vague où dans la foulée d'*Ascenseur pour l'échafaud* vont sortir, d'affilée, *Le Beau Serge*, *Les Quatre Cents Coups*, *À bout de souffle*. En quelques mois, le cinéma français va changer d'ère et de visage. Claude Chabrol produit le court-métrage *Un Américain* d'Alain, avec Maurice Pialat comme assistant et Pierre Lhomme comme chef opérateur, qui deviendra aussi le mien. Je squatte le tournage sans fonction officielle. Chabrol tourne en parallèle *Le Beau Serge* à Sardent dans la Creuse, et ne peut visionner ses rushes. Je fais partie de ceux à qui il demande de les regarder, chaque jour, et de lui en faire le compte rendu. Les rushes sont projetés, comme la plupart des films des uns et des autres, dans une salle privée, camouflée dans un bel immeuble parisien, avenue Hoche. Il me suffit de fermer les yeux pour revoir l'imposant escalier et l'entrée au premier étage. J'y croise souvent l'assistant de Claude sans vraiment lui parler. Un certain Philippe de Broca. Un garçon de petite taille à l'œil rieur et l'esprit affûté. Un soir, nous nous retrouvons sur le palier, attendant la fin d'un film que nous avons déjà vu plusieurs fois. La conversation s'engage, nous évoquons ces premiers longs-métrages qui sortent en cascade chaque semaine – il est évident que nous allons, un jour ou l'autre, nous aussi franchir le pas. « Tu vois, me dit Philippe, ce qui me manque dans tous ces films, c'est le rire. Moi la comédie est le seul genre qui m'intéresse. » Je m'empresse de renchérir : « Au moins, nous serons deux ! »

Claude Chabrol crée sa compagnie Ajym Films et se met à travailler avec Pierre Roustang, un industriel fou de cinéma, qui considère que ce qui manque au cinéma français, ce sont des scénaristes. Il veut donc réunir un vivier d'auteurs polyvalents. « Personne ne s'occupe de travailler les scénarios, je vais réapprendre aux gens à travailler. » Dans son bureau, je retrouve donc Claude qui aime décidément faire rire, c'est à ce moment-là que nous devenons vraiment copains. Il y a aussi Michel Drach, Robert Ménégoz, qui ensuite s'est marié à Margaret Ménégoz, la productrice des Films du Losange, et d'autres... Je deviens lecteur aux côtés de Godard ou de Polanski lorsqu'il est à Paris. Pierre Roustang souhaite aussi se lancer dans la production, il cherche des financements. La société HLM de la région Île-de-France est prête à mettre de l'argent dans un film qui montrerait les avantages de la vie en HLM, il faut un scénario qui s'y prête. Il me propose de l'écrire. Au départ, le film s'appelle : *Dis-moi oui*, Claude Chabrol vient me prêter main forte et apporte quelques idées. À l'arrivée, beaucoup de choses ont changé à cause des discussions sans fin avec les HLM. Le film, en fin de compte appelé *La Millième Fenêtre*, sera réalisé en 1960 par Robert Ménégoz et interprété par Barbara Kwiatkowska. Je ne serai pas au générique.

C'est Roustang qui repère Barbara Kwiatkowska, qui finira par s'appeler Barbara Lass, et qui demande à la rencontrer. L'actrice polonaise doit venir à Paris, il a réussi à trouver son numéro de téléphone en Pologne. Un homme décroche : « À qui voulez-vous parler ? » « À Barbara. » « Je suis son mari. » « Nous voudrions lui faire passer des essais à Paris pour un film. » « Parfait, je viendrai avec elle. » Ce mari, c'est Roman Polanski. Il saisit l'occasion pour faire un tour à l'Ouest. Peu de temps après, Roustang m'informe que les Polonais sont arrivés et me demande de l'accompagner. Il les emmène dîner dans un restaurant polonais, rue Le Goff, près du boulevard Saint-Michel. Moi : « Un restaurant polonais, tu es certain que c'est une bonne idée ? » « Oui, je ne veux pas qu'ils se sentent dépaysés. » Pierre Roustang a sorti le grand jeu, sa voiture décapotable américaine – le détail est important ! Je le soupçonne de vouloir produire pour séduire les actrices. Nous embarquons donc dans la décapotable et arrivons au restaurant qui s'avère être une sorte de couloir étroit. Deux vieux Polonais sont assis au bout, derrière un comptoir. Barbara Kwiatkowska et Roman Polanski, très exubérants, entament une conversation avec eux qui, comprenant qu'ils sont dans le cinéma, sont dans tous leurs états. Roman n'arrête pas de parler. Ils mettent de la musique. Une danse polonaise. Barbara et Roman se lèvent, vont et viennent en cadence dans l'étroit couloir. Les vieux tapent dans les mains. Tableau d'une grâce exquise. Nous finissons par comprendre que Roman tente depuis quelque temps de tourner son premier film, *Le Couteau dans l'eau*. Il a déjà réalisé des courts-métrages, mais ne parvient à le faire produire dans son pays. Son dernier espoir est la France. Il tente de convaincre Roustang, il évoque un tournage dans les Vosges, où il y a des lacs, ce serait assez simple pour la reconstitution des scènes en mer. Barbara pourrait jouer le rôle principal. On boit de la vodka, il danse, et ne cesse de parler de son projet.

Nous repartons dans la décapotable. Je suis assis à l'arrière aux côtés de Roman qui a sorti une pochette dans laquelle il y a son scénario. On roule vite, on descend le boulevard Raspail. Il se penche vers Roustang : « Si vous faites ceci, si vous faites cela... » J'ai trop bu, je suis ivre, je m'exclame : « Tu commences à nous emmerder avec ton couteau dans l'eau. On a compris, on n'en peut plus ! » Je saisis le scénario, qui n'est pas broché, et le jette sur le boulevard. Les pages s'éparpillent sur la chaussée. Roustang freine brutalement, Roman saute hors de la voiture, roule sur le trottoir. Puis il se redresse avec difficulté et, tout en hurlant de rire, se met à courir derrière les feuilles envolées. Comme à la fin de son film, *The Ghost Writer*, qu'il réalisera en 2010. Cela restera pour lui un souvenir impérissable, il m'en parlera chaque fois que je le verrai au fil des années. Je suis le gars qui a lancé le scénario du *Couteau dans l'eau* sur le boulevard Raspail !

5.

Quelques mois après, Claude Chabrol me propose de mettre en scène un scénario écrit par Geneviève Cluny, jeune comédienne vedette des publicités Colgate. Il s'agit d'un triangle amoureux entre deux hommes et une femme que son compagnon refuse d'épouser. Pour mon baptême de long-métrage, il me semble absurde de ne pas en être l'auteur. Et l'idée que mon premier film soit un scénario de et avec Geneviève Cluny – elle n'a fait que celui-là, après on ne l'a plus jamais revue… J'ai une ambition plus éclatante et j'ai déjà en tête une histoire qui se passerait à la campagne. Je refuse. Jean-Luc Godard l'apprend. Il m'appelle et me donne rendez-vous à la brasserie Le Select, boulevard du Montparnasse. « Vous êtes fou, me dit-il, pourquoi refuser ? On cherche tous à faire un premier film. » « Oui mais pas comme ça, je trouve le scénario faible et puis, je ne veux pas tourner à Paris. » « On peut le réécrire ensemble et le tourner tous les deux. » « Comment cela ? Le coréaliser, tous les deux sur le plateau ? On signerait notre premier film à deux ? » « Pourquoi pas ? Michel Deville vient de le faire avec Charles Gérard. » Je persiste dans mon refus et finis par me débarrasser de lui. Philippe de Broca récupérera le projet et réalisera *Les Jeux de l'amour* en 1960, offrant à la Nouvelle Vague sa première comédie, même si le film n'est pas labellisé comme tel. Godard l'a détesté ! Je le croise et il me dit : « On aurait fait mieux, non ? »

Alain Cavalier vient de s'installer pour travailler au Moulin d'Andé en Normandie. « Pourquoi tu ne viendrais pas toi aussi ? me demande-t-il. Tu pourras écrire, réfléchir. » Le Moulin est une résidence d'artistes et de cinéastes qui a joué un rôle important pour de nombreux auteurs. On me propose d'imaginer une suite à l'*Arsène Lupin* de Jacques Becker avec Robert Lamoureux. J'écris seul le scénario et les dialogues de *Signé Arsène Lupin* réalisé par Yves Robert, qui sortira en 1959. Il s'agit de vols de trois tableaux. Un jeune détective finit par se rendre compte que quelqu'un est en train de reconstituer les trois morceaux d'un retable du XVIIe siècle. Jacques Rivette, fin connaisseur de l'œuvre de Maurice Leblanc, reconnaît que je suis resté fidèle à l'esprit des livres. Je récolte un papier élogieux sur mon travail d'auteur dans les *Cahiers du cinéma*. Un peu du Graal !

Louis Malle nous demande souvent, à Alain et à moi : « Qu'est-ce que vous faites là-bas en Normandie ? » « On travaille, rejoins-nous, tu verras. » Peu à peu, les chambres, en enfilade, sont occupées par des amis.

On fait des blagues : « Attention à celui qui fait semblant de travailler. » Souvent je me dirai que si Alain ne m'avait pas poussé à m'y mettre, j'y serais encore ! L'année qui suit la sortie des *Amants*, son deuxième long-métrage, Louis y prend une chambre, non loin de la mienne, dans le même bâtiment. Il veut adapter à l'écran le roman *Victory* de Joseph Conrad et le tourner dans les îles grecques. Cette idée ne le quittera pas tout au long de sa vie. Je lui rends visite et remarque qu'il possède plusieurs exemplaires du livre dont il découpe les pages aux ciseaux avant de les coller sur un cahier. De temps en temps, il rajoute des commentaires dans la marge. Cette méthode d'adaptation me semble un peu facile mais je ne dis rien. En discutant de choses et d'autres, je pioche souvent dans la pile de bouquins de chez Gallimard qu'il a entassés dans un coin. Nous nous connaissons déjà pas mal, j'ai figuré dans *Ascenseur pour l'échafaud*, on m'y voit dans un bar jetant un regard lourd sur Jeanne Moreau. Et dans *Les Amants*, je danse avec Judith Magre. Alors que Louis envisage de réaliser *Victory* en Grèce, Alain annonce qu'il veut désormais se consacrer à son premier long-métrage. « J'en ai marre d'être assistant, me dit-il, tu serais d'accord pour prendre ma place ? » « Pourquoi pas ? » Louis, de son côté, ne parvient pas à obtenir les droits de *Victory*. Les frères Hakim, producteurs de cinéma importants, envoient un de leurs assistants au Moulin lui proposer d'adapter à la place un livre anglais, *L'Épouvantail*, qu'ils sont prêts à tourner l'année suivante. Louis me demande d'être son premier assistant. L'histoire se passe dans une maison sur une colline près d'un port de pêcheurs. Dans l'esprit de Louis, ça ressemble à la maison de *Psychose*. Le père serait joué par Alain Cuny et sa fille par Marie Laforêt. Louis a déjà pensé à eux pour l'adaptation de *Victory*. Même si le film tombe à l'eau, il y a une campagne de presse folle autour de cette jeune femme qui n'a encore rien fait.

Nous partons en repérage à Saint-Jean-de-Luz en décidant de remonter la côte pour chercher la fameuse maison. En cours de route, Louis tient à s'arrêter à Royan. Marie Laforêt, qui s'appelle encore Maïténa Douménach, y est en vacances. Je comprends qu'il y a quelque chose entre eux. Nous continuons tous les deux notre voyage qui resserre nos liens. Nous passons une semaine à dormir dans la même chambre et discutons à bâtons rompus. Nous parlons beaucoup de femmes, de notre admiration pour Maurice Ronet qui a un succès fou auprès d'elles. Louis me confie : « Maurice m'a fait comprendre que dans toute femme, il y a une infirmière qui sommeille, il faut leur donner envie de nous sauver. » Surtout, nous rions sans cesse. Nous rions et nous roulons, à fond les manettes, Louis toujours au volant. Nous arrivons à l'île de Ré, en quête d'une falaise. En vain. L'île est plate. Puis le golfe du Morbihan. Les habitants y circulent d'île en île pour se rendre visite. Sur de petits bateaux, des jeunes gens jouent de l'accordéon. La vie là-bas, proche de l'océan, me séduit. J'y retournerai plusieurs fois seul pour des repérages.

J'ai pris des centaines de photos du golfe. Sur l'île aux Moines, au bout d'une allée, nous découvrons une maison à l'abandon, donnant sur la mer, avec une chapelle attenante et un court de tennis. Elle est recouverte de feuilles, pas entretenue, mais d'un romantisme terrible. Elle ne convient pas pour le film mais je trouve qu'elle ferait un décor merveilleux. Sa vision déclenche le rêve de mon premier film. Je commence à être envahi par une atmosphère. Je repense à une nouvelle publiée par Éric Rohmer dans une revue de cinéma. L'histoire de jeunes filles, en été, en jupes de tennis, buvant de l'orangeade. Un peu le paysage qu'on retrouvera dans son film *Le Genou de Claire* au bord du lac d'Annecy. Ce qui me frappe, c'est la simplicité presque gentillette du récit, mais qui nous enveloppe néanmoins dans une ambiance particulière. On n'est donc pas obligé de plonger dans un roman de Jorge Luis Borges pour toucher un public, on peut le faire à la manière de la comtesse de Ségur. Je confie mes réflexions à Louis et, en parlant, mes désirs se précisent.

Nous faisons escale à Bénodet dans un petit hôtel. Il est tard. La salle de restaurant est presque déserte. Seules deux jeunes femmes regardent avec insistance dans notre direction. Flattés, nous sommes persuadés d'être dans notre jour de chance. Elles ne nous quittent pas des yeux. Nous prenons notre courage à deux mains, nous levons et nous dirigeons vers leur table. Nous avons l'intention de leur demander si nous pouvons prendre le dessert avec elles. Mais deux types entrent, se dressent sur notre chemin, et les rejoignent. C'est eux qu'elles attendaient et leurs regards insistants s'adressaient à la porte d'entrée !

Nous continuons à parcourir la Bretagne et trouvons la maison idéale. On revient épuisés, mais ravis de s'être autant amusés. Louis m'appelle quelques jours après notre retour, il a finalement décliné l'offre des frères Hakim. « Je laisse tomber ce film, me dit-il, oublie cet assistanat, tu vaux mieux que ça. On a tellement ri pendant huit jours. J'ai trop envie de continuer à rire. Il y a ce bouquin qui vient de paraître dont tout le monde parle, *Zazie dans le métro* de Raymond Queneau. J'ai téléphoné ce matin et j'ai pris les droits, si tu veux on l'écrit tous les deux. » L'humour nous a réunis. Il reprend sa paire de ciseaux – il tient à garder les dialogues – et on commence à travailler. Une promotion pour moi. Je coécrirai dans la foulée le premier film de Marcel Moussy, le coscénariste des *Quatre Cents Coups*, *Saint-Tropez Blues* avec Marie Laforêt et Jacques Higelin. *Zazie* est la seule comédie de Louis Malle. Chaque fois, il change de registre, il refuse d'être catégorisé. Quand je reverrai le film, je me dirai qu'il n'est pas si drôle. Mais nous rions énormément en l'écrivant, comme il le souhaitait. On s'installe dans une maison de location près du village de Verderonne. Beaucoup de monde y défile. Le séjour est joyeux. Je rencontre plus de Parisiens qu'à Paris. Je me rapproche de Jacques Demy qui vient de faire son court-métrage *Le Bel Indifférent*. Je me souviens de m'être déguisé et de l'avoir fait rire aux éclats, il répète souvent : « Jean-Paul, faites-nous rire encore ! » Je rencontre Raoul Lévy qui a vendu les droits de Queneau à Louis, il est en train de monter *Marco Polo*. Il m'engage comme scénariste. Le projet se rapetisse d'année en année. Il devait d'abord le tourner en Inde avec des éléphants, il se tournera finalement en Yougoslavie, je serai obligé de passer pratiquement un hiver à Belgrade pour réécrire certaines scènes. Denys de La Patellière le réalisera.

Alain me demande de coécrire son premier long-métrage, je signerai les dialogues du *Combat dans l'île* qu'il tourne au Moulin d'Andé. J'y retrouve ma jeune sœur, Élisabeth. Babou, comme je la surnomme, est restée à Auxerre. Encore très jeune, elle n'est pas mariée contrairement à mes autres sœurs et se demande ce qu'elle va faire de sa vie. François Leterrier, l'acteur d'*Un condamné à mort s'est échappé*, a commencé à tourner l'adaptation des *Mauvais Coups*, roman de son ami, Roger Vailland, dans la région. Simone Signoret, également amie de Vailland, jouait le rôle principal, ce qui a aidé le montage du film puisqu'elle venait de remporter l'Oscar de la meilleure actrice pour *Les Chemins de la haute ville*. Le tournage ayant lieu dans une maison voisine de la nôtre, nous les recevons souvent chez nous, je me souviens de Simone Signoret fredonnant des chansons avec Philippe Collin et Babou. François Leterrier lui propose d'être assistante scripte. C'est le début de sa carrière, elle fera beaucoup de films comme scripte, avec Costa-Gavras et Louis Malle, entre autres.

Christine Gouze-Rénal, productrice et grande amie de Brigitte Bardot, propose à Louis de réaliser un film avec elle. Elle nous invite à dîner, Louis, Brigitte Bardot et moi, pour discuter du projet. Il est question de tourner une adaptation de la pièce *Private Lives* de Noël Coward. Nous tombons sous le charme de Bardot bien sûr. Mais, pendant tout le dîner, à notre grande surprise, elle ne parle pas de cinéma, elle nous raconte ses malheurs, à quel point sa vie est devenue impossible. Justement, elle n'a plus aucune vie privée. « Vous vous rendez compte que les appartements en face de chez moi sont loués par des photographes qui m'épient en permanence, leurs objectifs me traquent à chaque instant. Je vis les volets fermés. Et lorsque je sors, je dois courir. L'autre jour, je me suis fait insulter dans un ascenseur. Une femme est montée en même temps que moi et lorsqu'elle m'a reconnue, elle m'a agressée : "C'est une honte ce que vous faites dans vos films !" Elle était déchaînée. » Nous sortons du dîner bouleversés, nous sommes les infirmiers de Bardot ! Louis décide d'oublier l'adaptation de la pièce et d'écrire un film inspiré de son récit. C'est comme ça qu'est né *Vie privée* qu'il réalisera en 1962, nous y intégrons la scène de l'ascenseur.

En ce début des années 1960 j'ai pris confiance, je suis devenu scénariste.

Un soir de l'hiver 62, je sors d'un cinéma des Champs-Élysées, et tombe sur Philippe de Broca qui marche seul, les mains dans les poches de son manteau avec sa tête des mauvais jours. Il sort pourtant du succès de *Cartouche* avec Belmondo et revient du Brésil où ils sont allés présenter le film. Entre plage, filles et virées nocturnes, leur séjour à Rio leur a laissé un souvenir mémorable. Ils cherchent un prétexte, je dirais même un alibi pour y retourner. Ils ont l'idée d'un film dont l'action se déroulerait là-bas. La fille du producteur Alexandre Mnouchkine, Ariane, a des velléités d'auteur et son père a suggéré à Philippe qu'ils écrivent le scénario à quatre mains. Philippe me confie : « J'aime beaucoup Ariane mais on n'y arrive pas, on est dans l'impasse, ça vire au cauchemar ! » Je l'interroge : « Mais quel est le sujet du film ? » « C'est l'histoire d'un petit Français qui débarque au Brésil. » « Et alors ? » « Il a des poignards qui lui sifflent aux oreilles. » Je l'interroge : « Pourquoi ? » « Justement, je ne sais pas pourquoi, c'est bien le problème. » Je le sens déprimé, prêt à abandonner. Spontanément, je dis : « Je serai chez toi demain matin, tu me raconteras mieux que ça. » À quoi tient le sort des films ? Celui de *L'Homme de Rio*, le grand film de Philippe de Broca, appelé à faire le tour du monde, se joue en un instant, à ce moment-là, sur un coin des Champs-Élysées.

Le lendemain, Philippe me raconte l'idée du film. J'y retrouve l'esprit de *L'As des Boy-Scouts*, une bande dessinée des années 1930, que j'ai adorée, des récits passionnants d'aventure, des boy-scouts français et anglais, une sorte de tour du monde en 80 jours. Il y a aussi un peu de Tintin et Milou dans son histoire. Il me déroule le squelette du sujet auquel il manque le plus important : l'objet de convoitise qui justifie à la fois le voyage au Brésil et les courses-poursuites frénétiques entre le héros et ses ennemis. Je repense aux trois pièces dispersées qui permettent de percer le secret dans l'*Arsène Lupin* dont j'ai signé le scénario et je propose à Philippe de décliner le même motif : par exemple, trois statuettes primitives qui, une fois réunies, permettent de conduire à un fabuleux trésor en pleine jungle. Philippe s'illumine d'un sourire, et sous mes yeux, il téléphone, laisse un message à quelqu'un : « Dis à Ariane que je viens d'embarquer Rappeneau, il a démarré sur les chapeaux de roues ! »

Je suis revenu le lendemain matin, et ainsi de suite, pendant quinze jours. Pendant cette période, notre relation s'étoffe d'une dimension supplémentaire, professionnelle. Pour moi, c'est ce qui a participé à la construction de mon imaginaire. Elle se transformera au cours des années en une amitié forte et complexe, faite de rivalité. Je lui demande pourquoi il n'engage pas aussi Daniel Boulanger, ils ont déjà travaillé ensemble sur plusieurs films. Il le trouve difficile mais organise un dîner chez lui. Je rencontre Daniel pour la première fois et suis complètement séduit. Quel personnage ! Quelle drôlerie ! Un peu irascible certes, très sanguin, mais faisant des blagues merveilleuses, avec un sens de la langue incroyable. Sa conversation ressemble aux répliques des films de Philippe : baroque, poétique, paradoxale. Nous nous entendons immédiatement très bien. Dès le lendemain, je plaide sa cause auprès de Philippe : « Ce serait suicidaire de se passer de lui, au moins pour les dialogues. » Sur mon insistance, il le ramène dans notre équipe. La trouvaille de la voiture – Belmondo roule dans une décapotable volée, rose, avec des étoiles vertes –, c'est du Boulanger pur jus. L'écriture se fait dans la légèreté et la gaieté. Daniel me montre ce qu'il écrit et j'éclate de rire. La facilité avec laquelle il invente les dialogues m'épate, moi qui suis un lent. Ariane passe de temps en temps puis de moins en moins. Je sens que Philippe n'a pas envie de continuer avec elle, on rit tellement tous les trois. Nos séances de travail se déroulent chez Philippe à la campagne, ou le plus souvent chez moi, rue Vavin. Daniel habite le quatorzième arrondissement et prend le bus 68 pour venir à Montparnasse.

Dans notre trio, je joue d'emblée le rôle du surveillant général, du serreur de boulons, celui qui accepte les fantaisies mais ne lâche rien sur la construction. Il y a des journées difficiles, notamment quand il faut définir la situation sociale du héros, Adrien Dufourquet. Boulanger veut en faire un scientifique, breveteur d'inventions loufoques. Je contrecarre : « Il y a une étape dans la vie où on est jeune sans pour autant avoir de métier, c'est la période du service militaire, ça imposera une pression dramatique, un compte à rebours : il doit impérativement réintégrer sa caserne à temps. » Brusquement tout s'éclaire : on voit le cadrage de l'action en une semaine au point d'envisager comme titre « Huit jours de perm ». C'est aussi un clin d'œil au passé de Philippe, appelé en Algérie où il a traversé des situations périlleuses.

Au bout d'un certain temps, Philippe nous laisse tout remettre au propre, Daniel et moi. Nous passons de la rue Vavin à la rue Baillou chez lui. À mon tour, je prends le 68. Le bureau de Daniel est une salle de bains désaffectée, avec une douche délabrée et, au milieu, une table de bridge sur laquelle il écrit. Un jour, passant relever les copies, Philippe nous regarde et déclare d'un ton morne : « Dire que j'ai voulu faire du cinéma en rêvant d'Hollywood et de séduisantes actrices au bord d'une piscine et voilà qu'à la place, je me retrouve dans une salle de bains avec deux chauves ! » Boulanger le prend très mal, il faut interrompre la séance. Cela donne un échantillon de leur relation. Ils s'adorent mais avec des coups de sang, des fâcheries à répétition. Moi-même je perdrai patience une fois quand nous retrouverons Ariane. Jugeant son éviction trop radicale, je dis à Philippe : « Peut-être devrions-nous raconter à Ariane où nous en sommes ? » Elle nous rejoint un après-midi et bute sur un point précis. J'ai trouvé un moyen insolite pour que le récit quitte Brasília et aille vers la forêt amazonienne : Adrien s'enfuit à bicyclette. Ariane s'exclame : « C'est absurde. Où trouve-t-il un vélo ? Sans cadenas en plus. » J'argumente, elle aussi, le ton monte. Je finis par exploser : « Parce que c'est comme ça ! C'est fait ! On ne va pas y passer la journée. » Après ça, on ne l'a plus revue. L'écriture terminée, je vois Philippe partir tourner au Brésil avec envie, de mon côté, je m'envole en Yougoslavie pour *La Fabuleuse Aventure de Marco Polo.*

L'Homme de Rio sera un triomphe dans le monde entier, des États-Unis au Japon, les rêves de comédie de l'assistant de Chabrol se concrétiseront à une échelle internationale, je serai fier d'avoir participé à l'aventure.

Je vois le film quelques jours après sa sortie, et je manque de tomber de ma chaise en découvrant au générique de début mon prénom escamoté et mon nom mal orthographié : JP Rapeneau. Très agacé, j'appelle Alexandre Mnouchkine, dont la réaction est aussi imparable que drôle : « De quoi vous plaignez-vous ? C'est mieux, c'est plus court ! » J'attendrai cinquante ans pour que l'erreur soit corrigée, grâce à la restauration du film en 2012 !

6.

Après *L'Homme de Rio*, très vite, Alexandre Mnouchkine veut relancer un projet avec le tandem de Broca-Belmondo. L'idée est d'adapter le roman de Jules Verne *Les Tribulations d'un Chinois en Chine*. Une première réunion a lieu dans le bureau de Mnouchkine à laquelle je ne suis pas convié. À l'évocation de mon nom, Daniel Boulanger se serait exclamé : « Oh non, pas lui, il va nous faire perdre un temps fou avec son obsession de la construction ; si on veut tourner vite, il faut se passer de lui. » Je ne suis donc pas du deuxième film, à ma grande irritation. Je suis surtout blessé parce que Philippe ne tient pas à m'imposer. Une première dissonance dans notre relation. Finalement, je n'aimerai pas *Les Tribulations* dont je trouve l'action trop hystérique, boursouflée de péripéties inutiles confondant rythme et précipitation.

Et puis j'ai autre chose en tête. Des images me hantent, pourraient-elles nourrir mon premier long-métrage ? Je revois la fameuse maison abandonnée de l'île aux Moines, visitée pendant les repérages avec Louis Malle, j'imagine une jolie fille à vélo roulant près d'un champ de blé, l'histoire se passerait près de la mer, elle aurait à voir avec la guerre. Enfant, j'ai passé des vacances près d'Avallon, chez une tante qui a épousé un fermier. Une découverte du monde rural pour le petit garçon de la ville que j'étais. J'ai gardé en mémoire le rythme des moissons, l'odeur des foins, des bêtes, de l'étable. Dès le début de l'écriture du scénario, je décide que l'héroïne, fille d'un fermier, est mariée à un homme qui a un manoir. Deux mondes coexistent, et cette coexistence m'est familière. Je repense à une formule souvent prononcée dans mon enfance : « Il faut réparer l'électricité au château. » Le personnage de Pierre Brasseur, le père de l'héroïne, n'est pas loin de mon oncle fermier, mais aussi de mon père. D'une certaine manière, c'est un personnage de ma famille. Depuis *Le Voleur de bicyclette* de Vittorio De Sica, je revendique la simplicité, ne pas dramatiser excessivement les films. Je lis Feydeau qui me fait rire à gorge déployée. Mon premier film sera une comédie et ne se déroulera pas à Paris.

Alain Cavalier, l'ami fidèle, me voit m'étioler, il me rend visite et m'incite à faire le point. « Alors ? Où en es-tu ? » Pour la première fois, je partage mes tâtonnements avec quelqu'un. J'évoque la maison près de la mer, la jeune fille à bicyclette. Il me réclame le carton de livres qu'il m'a confié lors de son dernier déménagement. Il quitte le salon, je l'entends fouiller dans la chambre. Il revient un bouquin à la main, s'assoit dans le fauteuil en face du mien, devant la petite cheminée où j'ai fait du feu, se met à le feuilleter, c'est une pièce de théâtre dont il me raconte le premier acte. « Ça se passe pendant la guerre. Une femme est seule chez elle. Un type sonne à la porte. Elle lui ouvre, ils discutent. Elle comprend qu'il travaille pour la Résistance, il venait voir son mari absent pour tenter de l'enrôler. » « Qui est l'auteur ? Je veux lire cette pièce immédiatement. » Alain refuse : « On s'en fiche, c'est très mauvais de toute façon. » Et il jette le livre dans le feu. Je ne saurai jamais de quel bouquin il s'agissait. Sa lecture ne m'aurait pas captivé et aurait stoppé net mon élan, assure Alain. Nous poursuivons notre discussion. Il suggère de transposer l'histoire, initialement à Paris, dans la maison au bord de la mer. Je propose que le type y soit caché. Alain renchérit : « Oui, et il est amoureux de la petite. » Je m'enflamme. « Oui bien sûr, il est amoureux, mais fait croire qu'il est en mission, le mari ne se doute de rien. » J'aime l'idée que l'héroïne découvre cet homme planqué dans la cave, elle veut donner l'alarme mais le type confie être là pour elle, du coup, elle est séduite. Je ris en imaginant la situation. Évidemment, le type ment, mais comme la jeune fille s'ennuie dans sa vie de couple, elle est troublée, c'est l'aventure. « C'est drôle, tu tiens une comédie », dit Alain. J'ai une grande confiance en lui. On s'emballe. « Pendant un long moment, on ne saurait pas que c'est la guerre, on croirait à une histoire d'amour adultère, et soudain un tank passe derrière une haie. »

En une heure, nous avons le canevas de mon premier film, à partir de la simple vision d'une maison. Je pars au Moulin d'Andé car je voudrais me mettre à écrire rapidement. J'y passe l'hiver et en reviens avec un scénario que j'emporte à Belgrade. Je vais travailler sur *Marco Polo*. Je le donne à lire au producteur Raoul Lévy. Il le trouve prometteur mais pense qu'il y a encore du travail. Je le propose aussi à Robert Dorfmann, très ami avec Lévy – pour lui, la guerre et la comédie ne sont pas incompatibles, il produira peu après *La Grande Vadrouille*. Il décline cependant. Après ces deux refus, je me lance dans une tournée des producteurs. Je rédige une note d'intention stipulant mon ambition de réussir une comédie à la française, soutenu par mes amours successives pour le théâtre, la comédie américaine et les jeunes filles coincées à la campagne. Je suis recalé à l'avance sur recettes, aide financière du Centre national du cinéma français. Les comédies sont rarement aidées, et puis un château qui brûle, le Débarquement, etc., ça coûte bien plus cher que les premiers films habituels. Et je n'ai pas de casting pour relancer. Rien n'avance, je désespère. Mon beau-frère intervient et nous montons notre maison de production grâce au fameux chèque jeté par terre. Nous déposons les statuts de la société baptisée Cobéla, d'après les prénoms de mes quatre sœurs, Colette, Béatrice, Élisabeth et Agnès. Cobéla Films rémunérera la suite de l'écriture du scénario avec Claude Sautet et Daniel Boulanger.

En effet, quelqu'un me suggère de solliciter Claude Sautet. Je ne le connais pas et suis réticent, pour moi, il est celui qui m'a piqué le job d'assistant sur le film d'Édouard Molinaro. « Avec son œil de scénariste, me dit-on, il pourra dire exactement ce qui ne va pas. » J'accepte à contrecœur, nous nous donnons rendez-vous dans un café. Il a fait l'Idhec, peine à réaliser un premier film personnel – il a presque renoncé, me confie-t-il –, mais s'est fait une réputation de consultant expert en scénario. Nous échangeons beaucoup sur nos parcours semés d'embûches. Nous découvrirons par la suite qu'un fil invisible nous lie sans le savoir. Claude a travaillé à Auxerre et a loué quelque temps une chambre donnant sur le jardin d'une maison. Il entendait les cris des enfants et des adolescents. Un jour où il reviendra à Auxerre et déjeunera avec ma mère et moi, il réalisera que ce jardin, c'était le nôtre. Nous étions son spectacle !

Pour le moment, au café, il accepte de lire, trouve le script drôle, pense que ça doit l'être encore plus. Nous retravaillons ensemble et, avec lui, le scénario s'épaissit. Je repense à Daniel Boulanger, « on a besoin de lui, il est trop doué », dis-je à Claude. Boulanger, séduit par le projet, m'invite dans sa ferme du Perche pour redialoguer. Alors que j'ai tendance à écrire des dialogues plats, Daniel fait chanter les mots, leur donne une couleur différente. C'est instantané et magique. Il lit une scène, puis se met à écrire, d'un trait, en direct. Il m'interroge sur le titre, ne faudrait-il pas en changer ? J'évoque *La Vie de château* qui serait formidable mais n'est pas libre, Claude Lelouch se le garde. Daniel me pousse à l'appeler. Je prêche pour mon film, « non, ce titre est pris », s'obstine Lelouch. « Mais par qui ? » « Par moi ! C'est fait, déposé. » C'est faux, tant qu'un film n'est pas réalisé, le titre peut être utilisé. Je redépose la dernière version du scénario sous le titre *La Vie de château* à l'avance sur recettes. Cette fois, je l'obtiens, l'atmosphère s'éclaire.

Un soir, chez Régine, je croise Philippe Baer, le père d'Édouard, un charmant garçon, ami de Louis Malle. Haut fonctionnaire, il vient d'être nommé par le gouvernement patron d'UGC, société de distribution de cinéma. Je me confie à lui : « Je suis sur le point de faire un film, mais je ne sais pas trop à qui m'adresser. » « Envoyez-moi le scénario, je vais le lire », propose-t-il sans hésiter. Il tient sa promesse, ça lui plaît, et UGC entre dans la course. J'ai donc le financement et un distributeur. Giovannella Zannoni, patronne de William Morris en France, et également agent de Catherine Deneuve, est enthousiaste mais me conseille de m'associer à une vraie maison de production. J'en parle à mon beau-frère qui refuse d'abord catégoriquement, il m'en veut de ne pas lui faire confiance. Finalement, il acceptera une coproduction avec Nicole Stéphane, qui deviendra une grande amie.

« Qui va jouer dans *La Vie de château* ? » me tanne Claude Sautet. J'aime la beauté chez les acteurs, je pense à Louis Jourdan, le seul acteur du cinéma français qui a tourné à Hollywood. Il est élégant, a beaucoup de classe et pourrait être un Cary Grant à la française. Sautet réagit : « Mais ce n'est pas ce que tu as écrit, tu parles d'un type terrien qui vit dans la nature, qui aime ses fruits, qui les déguste, qui boit du vin. On doit sentir qu'il vit en osmose avec la chaleur de la terre. »

Et Claude ajoute : « As-tu pensé à Philippe Noiret ? Parce que je le vois bien respirer un fruit. » « Hein ? Ce type avec son grand nez ? Mais non, impossible. » « Parce que toi, tu ne vas jamais voir de films avec des gens qui ont des grands nez ? » se moque Claude. Évidemment, il a raison, et ma réaction est puérile. Il faut rapidement trouver une actrice pour soutenir le projet, une actrice qui parle vite, c'est ainsi que j'imagine l'héroïne. Depuis *L'Homme de Rio*, Françoise Dorléac me paraît idéale dans une comédie. Je lui envoie le scénario et parviens à obtenir un rendez-vous. Nous devons nous retrouver pour déjeuner dans un restaurant rue Lincoln où se presse le monde du cinéma. Je tombe sur Claude Sautet qui déjeune avec Marcel Ophuls. Je les salue sans m'attarder, « j'ai rendez-vous avec Dorléac ». Je rejoins ma table et patiente, plusieurs minutes, un quart d'heure, une demi-heure, « c'est ridicule, viens au moins avec nous en attendant », me dit Claude. Je refuse, craignant qu'elle ne me trouve à une autre table à son arrivée. Une heure passe, Claude poursuit sa conversation tout en me jetant des regards compatissants. N'en pouvant plus, je finis par les rejoindre, je suis affamé, ils en sont au dessert. Dorléac arrive sur ces entrefaites, je me relève aussitôt et l'escorte à notre table. Elle n'enlève pas son manteau. « Je suis content de vous voir, me dit-elle, il était temps qu'on se rencontre. En revanche, je ne vais pas pouvoir rester déjeuner. J'ai lu votre scénario. C'est un personnage intéressant et j'aime bien ce côté fille de la campagne. La seule chose que je voulais vous dire, c'est qu'il faudrait qu'elle soit toujours pieds nus. Une fille libre, ça lui ressemble, mais on en reparlera. » Et la voilà qui se relève et quitte le restaurant. Je retourne à la table de Claude et commande un gâteau que je prends le temps de déguster.

Plus tard, sur le tournage, lorsque nous tournerons la scène où Catherine Deneuve lit sous un arbre, je m'exclamerai : « Ce serait bien qu'elle soit pieds nus. » Elle tournera donc pieds nus. Et en traversant la pelouse, elle poussera un cri, une guêpe l'a piquée ! Son pied se mettra à gonfler, nous interromprons le tournage et perdrons une journée.

Quelque temps après notre déjeuner manqué, Françoise Dorléac me fait dire qu'elle n'est pas libre à nos dates parce qu'au printemps 1965, elle tourne *Cul-de-sac* de Roman Polanski. Ma coproductrice Nicole Stéphane me rassure, on peut essayer de rencontrer sa sœur, Catherine. Depuis la palme d'or à Cannes pour *Les Parapluies de Cherbourg*, on ne parle plus que d'elle. Deneuve vient d'ailleurs d'enchaîner avec le film précédent de Polanski, *Répulsion*, en Angleterre. J'appelle Françoise Dorléac et lui dis que je ne peux pas attendre un an pour tourner. « Puis-je proposer le rôle à votre sœur ? » « Si c'est ma sœur, ça va », me répond-elle. J'ai l'autorisation de la famille !

Commence le casting des seconds rôles. Au début de l'écriture, Alain Cavalier et moi avons trouvé qu'il manquait un personnage et avons étoffé celui de la belle-mère de l'héroïne. Je vois à la fois ma propre mère, mais aussi une vieille dame d'Auxerre, toujours vêtue de robes sans âge mais non sans chic, qui possédait une sorte de château en dehors de la ville. Incarné par Mary Marquet, le personnage devient l'un des principaux du film. Mon premier assistant, Olivier Gérard, qui, plus tard, sera réalisateur de télévision, plaide beaucoup pour Jean-Pierre Cassel dans le rôle du résistant. « C'est un acteur avec le nez en l'air, contrairement à tous les acteurs français qui regardent par terre. » Pour me le prouver, il a remonté des films de Philippe de Broca et sélectionné ses scènes. Je flanche un peu mais cela me gêne de choisir pour mon premier film un acteur découvert par mon ami Philippe. Toujours cette rivalité, un peu souterraine, entre lui et moi. Je pense à l'élégant Henri Garcin, on me rétorque que personne n'a entendu parler de lui mais je tiens bon. Je l'ai vu dans *L'Échappée belle* au Théâtre La Bruyère, avec Romain Bouteille et Monique Tarbès. La pièce, tordante, a énormément de succès. Elle tiendra plusieurs années. Henri Garcin passe des essais et il est formidable. Chez UGC, on me demande de muscler un peu le casting parce qu'il n'y a pas de noms à part Catherine Deneuve. Je songe à

Pierre Brasseur pour le rôle du fermier, je vais le voir à Saint-Cloud où il tourne *Pas de caviar pour tante Olga* de Jean Becker. Il accepte, d'abord pour des raisons financières. « Une connerie de plus ! » se dit-il. Mais après avoir lu le scénario, il s'investira totalement. Pour le rôle du major, je prends contact avec Karl Schönböck, un acteur allemand qui a joué dans *Les Fruits de l'été* de Raymond Bernard, une coproduction franco-allemande sur laquelle j'ai été assistant. Vedette du début des années 1950, sympathique et élégant avec sa petite moustache, il aurait pu jouer dans un film de Max Ophuls ! Malheureusement, il n'est pas libre. Le hasard s'en mêle. Giovannella Zannoni, encore, l'agent de Catherine Deneuve, s'occupe aussi de Lilli Palmer, qui tourne à Paris. Elle me soumet une idée : « Vous savez que Lili est mariée à Carlos Thompson, l'acteur argentin qui a fait une semi-carrière à Hollywood, il n'est pas mal du tout, il parle allemand aussi bien que français. Il va s'embêter pendant que sa femme tourne. Qu'en pensez-vous ? » Carlos Thompson a une tête de *latin lover* et une belle allure, il me semble parfait. Philippe Noiret se préparait à tourner avec Françoise Dorléac. Quand je lui annonce que finalement sa sœur prend sa place, il est sceptique. « Elle n'a pas l'énergie de Françoise. » D'autres bonnes âmes s'en mêlent : « Deneuve, c'est une image », « elle est doublée dans *Les Parapluies de Cherbourg*, le seul film intéressant qu'elle ait fait ». Cela finit par m'inquiéter. J'ai moi-même croisé les deux sœurs avec Louis Malle quelque temps auparavant en boîte de nuit. À l'Épi Club, Françoise Dorléac se déchaîne sur la piste de danse. Magnifiquement, souvent avec Jean-Pierre Cassel, ils font quasiment des démonstrations. Sur la banquette, Catherine Deneuve, la petite sœur, fume, complètement immobile, belle et mystérieuse.

On se rend chez elle avec Noiret pour une lecture du scénario. En quittant son appartement, dans l'ascenseur, le silence pèse sur plusieurs étages, puis Noiret ose : « La question est : est-ce que ça aurait pu être pire ? » Je marque une pause et réponds : « Oui ça aurait pu. Elle a eu des moments. »

Tous ces doutes seront balayés dès le début du tournage.

Catherine sera tout de suite très bonne, son mouvement, sa voix d'une grande justesse. « Tu m'accuses de voler des pommes ? » demande-t-elle à Noiret. « Moi ? Pas du tout. Il y a quelqu'un qui les prend, c'est tout. » « Comment, c'est tout ? Ça ce n'est pas rien. » Puis autre scène avec Noiret : « Tu dois écrire : je m'engage à aller à Paris. » « Je ne peux pas t'emmener dans un appartement occupé par des gens. » « Quels gens ? » « Des gens à qui je l'ai loué. » « Tu as loué l'appartement ? Et tu ne me l'as pas dit. » « Si, tu n'écoutes jamais. » « Menteur, sale type ! » Il faut du débit pour réussir à donner le bon rythme à la scène. Et celui de Catherine est formidable. C'est une mitraillette, on comprend toutes les syllabes. Son père, Maurice Dorléac, était l'un des meilleurs doubleurs de France. Il a dû emmener les deux sœurs sur les plateaux car elles sont également très douées au doublage. Catherine me demande si je ne lui en veux pas de parler aussi vite. « Nous étions quatre filles à la maison, m'explique-t-elle, il fallait s'exprimer rapidement si on voulait avoir une chance de prendre la parole ! » Je la rassure, au contraire, cela me convient tout à fait. Elle a inventé mon style de diction, qui perdurera dans tous mes films.

À cette époque, lors d'un dîner chez des amis, je tombe en arrêt devant la photographie d'une femme souriante, posée sur une étagère. Mon hôtesse se moque un peu de mon coup de foudre pour une image mais organise une rencontre. Dès notre premier dîner, je partage avec Claudie, ma future femme, les étapes vers le tournage de *La Vie de château*. Elle m'accompagne faire des repérages pour le film lors du premier week-end que nous passons ensemble. Nous cherchons la maison du film dans la région de Bayeux, la vraie situation géographique de l'action. Nous visitons tous les châteaux détruits de la région parisienne. Nous finirons par trouver le château inhabité de Neuville à Gambais. L'intérieur a été ravagé par les Allemands pendant la guerre. Les propriétaires n'ont pas les moyens de le restaurer et nous les sauvons en le leur louant.

Quelques jours avant le début du tournage, alors que je suis fébrile, anxieux et impatient à la fois, je reçois à l'aube un coup de téléphone de ma mère : « Jean-Paul, tu dois venir immédiatement, ton père va très mal ! » Je saute dans ma voiture et roule à toute vitesse vers la

Bourgogne. Je me retrouve dans l'entrée de la maison, plusieurs heures plus tard, épuisé, des cris fusent de toutes parts : « Jean-Paul est là ! Jean-Paul est là ! » Ma mère surgit en larmes en haut de l'escalier et je comprends tout de suite. Sa voix se brise dans un sanglot : « Il ne verra même pas ton succès. »

7.

Mon père ne verra pas le film et je ne saurai jamais si mon « succès », comme le dit ma mère, nous aurait réconciliés. Si mon désir de lui plaire, de le rendre fier, se serait apaisé. Pendant très longtemps, je resterai persuadé que mon père ne voulait pas entendre parler de mes passions, ni de mes ambitions. Je n'ai pas suivi la voie qu'il souhaitait, j'ai commis une faute impardonnable. Ma mère m'assurera du contraire : « Tu te trompes, ta carrière l'intéressait beaucoup et il aurait été fier. »

Le tournage débute après sa mort. J'engage ma jeune sœur Babou comme scripte. Nous trouverons une complicité qui se renforcera au fil des années et elle sera une précieuse collaboratrice pour moi avant de réaliser ses propres films.

Quand j'entre dans le château de Neuville pour la première fois, je suis envoûté. Je déambule à travers les vastes pièces vides, l'atmosphère est telle que je l'ai rêvée. Je vois les images à venir. Ma manie de parcourir longuement les lieux, ce que je ferai sans cesse par la suite, est sans doute née dans ce château en ruine. Il n'y a pas de décor à construire, il est déjà là. Le décorateur Jacques Saulnier, frustré, demande à ses assistants de combler le vide. Il fait son travail et meuble entièrement l'intérieur qui est livré dans un superbe cadre du XVIIIe siècle. Lorsque je reviens sur les lieux, je suis atterré et furieux, le charme s'est envolé. Les meubles, magnifiques pourtant, sont trop nombreux, notamment dans le salon, et puis il y a les tapis, les horloges, des objets à profusion. Ça brille trop. La décrépitude n'est plus suggérée, ce qui me semble indispensable pour l'histoire. Le père du personnage de Noiret est supposé avoir disparu en dilapidant la fortune, comme le dit Pierre Brasseur à Mary Marquet – encore une merveilleuse réplique de Boulanger, « votre défunt a tout croqué » au lieu de « votre mari a gaspillé tout l'argent ». On ne s'est pas compris avec le décorateur. Peut-être, par manque d'expérience, n'ai-je pas été assez précis. Je fais tout enlever, les camions repartent pleins à ras bord, je ne garde que le piano dans le grand salon vide.

Je prends l'habitude de faire des petits dessins pour chaque plan, ils deviendront de plus en plus précis de film en film jusqu'à former des albums. Avec le genre de dialogue un peu forcé, un peu théâtral que j'aime, il faut du souffle, du mouvement. Si ça s'immobilise trop, je refais le découpage du film, sur le plateau, au fur et à mesure. Je ne tourne pas chronologiquement.

Nous commençons par la scène où Noiret entre dans la cave, il regarde ses fruits, il respire une poire, puis il remarque une pomme qui a été croquée. Dès ce premier plan, quand la porte s'ouvre, je demande le noir total, puis un carré de lumière blanche dans laquelle apparaît une silhouette. J'ai vu le film d'Agnès Varda, *Cléo de 5 à 7*, et la séquence du parc Montsouris m'a marqué, les personnages sous les arbres et, derrière eux, le soleil tapant sur les pelouses et les rendant immaculées. En écrivant le scénario, je voyais des couleurs. C'était trop cher. Le film est en noir et blanc. Quand c'est gris, je me plains que c'est du noir et gris. Je veux que la lumière perce l'écran. Pierre Lhomme travaillera à l'étalonnage en tenant compte de cette idée fixe, de ma volonté de grandes plages blanches. Il me faut de l'éclat pour tenter de récupérer ce que la couleur aurait peut-être donné. Le jour où je découvre les premières images, je suis sidéré par le résultat. « C'est un film aux mille soleils, me dit Pierre Lhomme, je défie quiconque de me dire d'où vient la lumière. » Il y a du soleil partout et c'est exactement ce que je désirais. Au fil des années, avec les copies, la télévision et la vidéo, le film deviendra un peu terne, la restauration l'a de nouveau rendu noir et blanc.

Nous tournons à Gambais, et chaque soir, en studio à Saint-Cloud, nous visionnons les rushes. La première fois, j'éprouve une joie immense, le noir et blanc est lumineux, Philippe Noiret et Catherine Deneuve sont justes, et quel bonheur de filmer Catherine, de filmer la beauté. J'appelle Claude Sautet pour partager mon émotion.

Nicole Stéphane, ma coproductrice, regarde aussi les rushes avec son associée Monique Montivier, elles sont encourageantes, enthousiastes, elles admirent déjà le film et leur confiance me dope. Olivier Gérard est chargé du plan de travail et, en bon assistant réalisateur, il s'inquiète de la longueur du tournage. Il est vrai que je prends le temps d'installer chaque scène, beaucoup trop de temps. Il ose me le dire : « Tu dois absolument raccourcir le temps de tournage, il faut couper dans le scénario. » Nous partons en week-end chez moi à Auxerre et nous mettons au travail. Un de ses amis, un grand monteur, Albert Jurgenson, lui a appris qu'une fois les plans tournés, on peut avoir l'impression qu'on ne peut rien enlever, mais, au contraire, quand on coupe, c'est souvent beaucoup mieux. « Par exemple, me dit Olivier, au début, quand elle quitte son mari, après leur dispute, est-ce utile de la voir prendre son vélo, monter dessus ? Ne peut-on pas la retrouver en route ? » Pierre Gillette, le monteur, monte les séquences selon mon découpage très précis. Il est le premier à me dire : « C'est embêtant parce que tu ne laisses pas beaucoup de latitude au montage, on ne peut faire que ce qui est prévu. » Je ne me « couvre » pas au tournage en multipliant les possibilités d'une scène. Des trucs aussi bêtes que ça ! Je découvre la marche en marchant.

Pierre commence le montage parallèlement au tournage, il fait un premier bout-à-bout qui est prêt dès la fin du tournage. Nous organisons une projection pour Nicole Stéphane, Monique et Daniel Boulanger.

Lorsque la lumière se rallume, un long silence nous accable. Nous sommes tous catastrophés. L'atmosphère est lugubre. Le film est raté, rien ne marche. Nicole se lève, sort vomir. Je murmure à Daniel : « On est foutus. » « Ne t'inquiète pas, tu feras d'autres films. » Sa réponse, loin de m'apaiser, me précipite dans la terreur. Je ne comprends pas pourquoi le film est si plat, le rythme que je croyais maîtriser lors du tournage a disparu. Nicole nous emmène dîner, Daniel, Monique, Pierre Gillette et moi. Nous essayons de trouver des raisons à ce fiasco. « C'est surtout le début qui est terrible, dit Daniel, après avec les Allemands, ça s'arrange un peu. » Pierre Gillette ajoute : « Au fond, tout ce début avec la ferme, le verger, on s'en fout, on pourrait l'enlever, non ? » « Oui, c'est peut-être le début qui plombe. On s'y met dès demain. » « Il faudrait enlever la première bobine qui dure dix minutes et commencer quand Catherine revient. » Je n'ai jamais assisté au montage, je m'y rends dès le lendemain et nous enlevons la première bobine. Le film démarre quand Deneuve roule dans la nuit. Je choisis les prises. Nous travaillons d'arrache-pied pour resserrer l'ensemble du film. Huit jours après, nouvelle projection, les mêmes, plus Claude Sautet à qui j'ai demandé de venir. À la fin, Claude s'exclame : « Mais c'est formidable ! » Il est vrai que ça s'est beaucoup amélioré. Claude ajoute : « Montrez-moi le début, je suis sûr qu'on peut le sauver maintenant que tu es content de l'ensemble. On récupère la première bobine et effectivement, il a raison, désormais ça fonctionne.

Je comprends que le rythme est essentiel et qu'au premier montage, il était passé à l'as, le temps entre chaque réplique et chaque action était interminable. Nous continuons de faire la guerre aux temps morts pendant le montage. Pierre Gillette s'y met : « Il faut que l'action s'enchaîne, ça se passe la veille du 6 juin 1944, il y a un compte à rebours ! » Ce fameux compte à rebours que je chercherai dans tous mes films. Je suis enfin content du résultat.

J'invite Louis Malle à une projection et suis heureux parce que le film lui plaît beaucoup. « Et pour la musique ? Que comptes-tu faire ? » me demande-t-il. Je confesse ne pas y avoir du tout pensé ! J'aimerais une chanson de Trenet au générique, comme le film est en noir et blanc et se passe dans les années 1940, mais avec le mouvement et le flot des dialogues, je ne suis plus certain que de la musique puisse s'y glisser. « Tu devrais envisager Michel Legrand, c'est un musicien de rythme, de jazz », me dit Louis. Je ne suis pas contre, j'ai apprécié *Les Parapluies de Cherbourg* dont j'ai entendu la bande originale avant de voir le film. Quelques jours plus tard, j'invite Michel Legrand dans la salle de montage. Il est inspiré et prêt à se lancer. Je reste sceptique, le torrent de mots est tel, comment peut-il s'y prendre ? J'ignore encore à quel point la musique peut soulever l'image. Les jours passent. Michel m'appelle, il affirme avoir trouvé le thème. Je me rends chez lui, il se met au piano devant une table de montage et commence à jouer, en murmurant. Avec la musique, c'est tout de suite ou jamais et là, je suis immédiatement très ému. « Ça raconte sa romance à elle », me dit Michel. Nous faisons ensuite le spotting – repérage du moment où les compositions peuvent intervenir. Michel suggère d'en mettre pendant que les personnages parlent, « cela rendrait l'action plus drôle ». C'est particulièrement réussi quand l'Allemand et Henri Garcin se bagarrent alors que le Débarquement a lieu. « On peut faire un opéra bouffe, à la seconde près », dit Michel. Il apporte du lyrisme dans quelque chose qui aurait pu être très mécanique. Il fera la même chose dans *Le Sauvage*. Je me surprends à apprécier la table de mixage, l'étape après le montage. Michel me raconte des expériences délicates sur *Les Parapluies* lorsqu'il fallait mélanger les bruits réels avec la musique. Le premier mixage de *La Vie de château* avec Jacques Maumont, le mixeur star de l'époque qui est aussi l'ingénieur son du film, me semble miraculeux. D'un seul coup, on est envahi par une atmosphère, un élan.

Le film sort en janvier, dans une période où il n'y a pas de grande concurrence. La semaine qui précède, j'obtiens le prix Louis Delluc que Louis a eu avec *Ascenseur pour l'échafaud*. Je ne m'y attends pas. Le film démarre bien, puis la rumeur monte, dans le bon sens, la presse est quasi unanime, sauf Michel Duran dans *Le Canard enchaîné* et Henry Chapier dans *Combat*. Lors d'une projection, Louis Aragon et Elsa Triolet sont présents et très enthousiastes, elle me demande : « Vous êtes content ? C'est un grand succès. » « Oui bien sûr, mais quand même, il y a des critiques qui me font de la peine. » « Quelles critiques ? Je n'ai pas vu. » « Si, dans *Le Canard enchaîné* et… » Elle m'interrompt : « Un mauvais papier dans *Le Canard enchaîné* ? Mais c'est la Légion d'honneur ! »

À la première officielle du film, l'ambiance est joyeuse. Il y a Philippe Noiret, Catherine Deneuve, avec David Bailey qu'elle vient d'épouser, et Mick Jagger ! Un souvenir merveilleux. Le lendemain de cette projection qui est triomphale, Daniel Boulanger me glisse perfidement : « Dis donc, tu as vu hier soir la gueule de Philippe (de Broca) ? Mais bon, chacun son tour ! » Le film continue sa course, plus de deux millions d'entrées sur plusieurs mois, c'est beaucoup pour l'époque, surtout pour un film en noir et blanc. Il ne décroche pas. Tout le monde l'a vu. Il passe en première exclusivité dans trois salles à Paris : Le Biarritz, les Ursulines, et Le Helder sur le boulevard des Italiens. Puis au Triomphe, et reste un an sur les Champs-Élysées !

Je pense à mon père, ce succès inattendu me donne le sentiment d'avoir accompli quelque chose. D'une certaine manière, le film est là pour lui prouver que le saltimbanque a réussi.

8.

Après *La Vie de château*, je prends mon temps. J'ai de quoi vivre, le film me rapporte beaucoup d'argent, Cobéla Films en est propriétaire à 53 %, je continuerai longtemps à en gagner en tant qu'auteur. On commence à me proposer de réaliser des films publicitaires, j'en ferai beaucoup dans les années qui suivent, certains obtiennent des prix, cela devient un second métier. Parallèlement, j'envisage mon prochain film, de 1966 à 1971 – ce long tempo a l'air d'une blague, et pourtant je travaille pendant ces quatre années.

Je rêve d'une comédie d'aventures pendant la Révolution française. Passionné par cette époque, j'aime l'idée d'une France coupée en deux. Les cassures dans la société sont déjà présentes dans *La Vie de château*, font écho à ce qui se jouait dans ma famille. J'en parle à Alain Cavalier et nous reprenons tous deux nos conversations si précieuses pour me faire avancer. Très vite, nous tombons d'accord sur le fait qu'il y aurait la Vendée, et une traversée des différents camps, des ambivalences à l'intérieur de chacun. Des aristocrates avec des républicains, par exemple. Nous avons lu l'histoire d'un chef royaliste en Charentes combattant aux côtés de sa sœur avec qui il aurait une liaison incestueuse. Nous imaginons un voyageur venu d'ailleurs, sans opinion. On découvrirait la situation politique à travers lui. Il serait pris pour un royaliste chez les républicains, et pour un républicain chez les royalistes, et il finirait avec ce qui représente la queue de la comète, c'est-à-dire les armées qui partent conquérir l'Europe pour transmettre la Révolution au peuple. Mais d'où vient-il ? Et pourquoi ? Je regarde des gravures de l'époque, l'une d'elles attire mon attention, on y voit des couples faisant la queue pour divorcer. Je m'exclame : « Et si le héros était là pour divorcer ? Cela pourrait commencer en Amérique le jour de son mariage, quelqu'un s'y opposerait, disant qu'il est déjà marié. Il doit donc revenir en France pour divorcer car désormais c'est possible. Et il tombe en pleine Révolution ! »

L'histoire commence sur l'Atlantique, un bateau se dirige vers la France et accoste à Nantes au pire de la Terreur. Le héros parvient à s'échapper de la ville mais, dans la campagne, les chouans ne sont pas loin, il passe d'un camp à l'autre en cherchant à rejoindre son ex-femme. En deux heures, le sujet des *Mariés de l'an II* s'est imposé. Le divorce n'allait jamais arriver, une comédie du remariage à l'américaine ! Mais il faut maintenant écrire et cela me paralyse, la longueur de l'écriture me paraît infinie. La géographie doit jouer un rôle important comme dans les feuilletons et les romans d'aventures de mon enfance. Après avoir traversé l'océan, le héros se retrouve à Nantes au cœur de la Terreur, il est condamné à mort, et, au moment d'être guillotiné, arrive à s'échapper à la campagne chez les royalistes. Ensuite il fuit vers l'Est et c'est la bataille des frontières. Du côté des royalistes, il y a de grandes fermes fortifiées avec des couloirs, des chambres, des trappes, des échelles. Il parvient dans une de ces fermes, ce qui me rassure à ce stade de l'écriture. Car, dans cette maison, pendant un temps, la narration n'est plus itinérante, je peux travailler les amours, les jalousies. Mais je ne sais plus très bien où je vais. Je rappelle Claude Sautet que j'ai un peu perdu de vue. « Je ne vois pas comment m'en sortir. L'ex-femme a un fiancé noble, comment dénouer la situation ? » Claude trouve tordu que l'aristocrate perde son temps pour l'emmener divorcer, « il doit poursuivre son propre combat, sinon il n'a aucune raison de partir avec elle ». C'est là que surgit le personnage du prince, amoureux d'elle depuis longtemps, qui souhaite son divorce. Ainsi, le héros la poursuit alors qu'elle est en route avec ce troisième prétendant non prévu au départ. Ce dernier est très proche de sa sœur, il y aurait donc deux femmes, la jalousie, le romanesque des grands romans du XIXe.

Les événements de Mai 68 surviennent pendant l'écriture du scénario avec Claude Sautet, on assiste à des assemblées générales à la Sorbonne, je suis frappé par une intervention de Maurice Clavel qui s'exprime comme un tribun, il est l'un des penseurs phares, en phase avec ma vision de l'Histoire et de la pression que je veux donner à la Révolution dans le film. Nous allons le trouver et lui proposons de participer à l'écriture.

Plus tard, comme pour *La Vie de château*, Daniel Boulanger arrive pour dialoguer. Nous nous installons tous les deux dans une pension en Bourgogne pendant huit jours. Une fois encore, ce sont des moments merveilleux. On ne s'embête pas avec la construction, le fil narratif est déjà là. Tout existe, sauf la vie, la chaleur et l'odeur qui naissent des mots de Daniel. J'essaye de lire par-dessus son épaule, il tourne la page pour m'en empêcher. Une fois de plus, je serai son premier auditeur, plein d'admiration. Le film d'époque ne lui fait pas peur parce qu'il est extrêmement cultivé. Lors d'un grand dîner donné au quartier général des chouans, le personnage du prince doit faire un discours, il annonce que les monarchies européennes vont fondre avec la Révolution. Sous la plume de Boulanger, il s'exprime ainsi : « Autriche est en Alsace, Espagne franchit les Pyrénées. » Il cite les noms des pays comme il parlerait de personnes, une idée géniale ! D'une certaine manière, *Les Mariés* sera le seul de mes films où on parle politique à travers l'Histoire. En classe, c'était la seule matière dans laquelle j'avais de bonnes notes, j'étais toujours stimulé quand arrivait la Révolution, ma période favorite, j'avais la sensation qu'il ne se passe rien pendant des siècles et que, brusquement, tout s'anime. Les clans s'affrontent, les royalistes, les républicains, les Girondins, les Jacobins, le Comité de salut public, et au final, ils s'entretuent – un territoire dramatique extraordinaire.

Après avoir écrit avec Claude Sautet, Maurice Clavel et Daniel Boulanger, je me rends seul chez Louis Malle dans le Lot. Quelques jours avant de finir le scénario, je dois revenir à Paris en urgence. Je prends la route au petit matin et conduis toute la journée, il pleut à verse, c'est extrêmement éprouvant d'autant plus qu'il n'y a pas d'autoroute et que ça tourne beaucoup à travers le Massif central. Je suis prudent mais exsangue à force de concentration. À la tombée de la nuit, la pluie s'arrête enfin, une délivrance, je peux désormais rouler, je donne un coup d'accélérateur, fonce, mais, dans un virage, un camion surgit, je freine brusquement, la voiture part en glissade sur le sol trempé, et stoppe net. Je l'ai échappé belle. Je raconte ma frayeur à Claude, cela le frappe beaucoup. À tel point que mon aventure lui reviendra au moment d'écrire *Les Choses de la vie*, il s'en inspirera pour l'accident de Michel Piccoli qui est le fil conducteur du film. En le découvrant à l'écran, je pleurerai pendant toute la projection, bouleversé par la similitude physique entre Claude et Piccoli. « Mais qu'est-ce qu'il t'arrive ? » me demandera Claude. « Je t'ai vu mort ! »

Pendant l'écriture, j'ai pensé tout de suite à Belmondo. Mais j'ai eu tort. Sauf exception, le casting ne doit pas venir trop tôt. Quand on écrit pour quelqu'un, l'imagination est parasitée. *Les Mariés* est impacté par le choix de Jean-Paul très en amont. Son goût pour les cascades pèse dans les péripéties, chaque situation dramatique est résolue par une bagarre – cela vient de sa résistance à jouer la faiblesse, la souffrance, et surtout l'homme amoureux. Ce n'est pas une manière de construire un personnage. Cela court-circuite sa relation à l'héroïne, son ex-femme, qui est aussi son amie d'enfance. Gérard Lebovici vient de créer l'agence Artmedia, il a aimé *La Vie de château* et me propose de les rejoindre. Il s'occupe aussi de Jean-Paul Belmondo, ce qui le met aux commandes de mon film. Après lecture du premier jet du scénario, il soutient d'emblée le projet, même si l'intensité du devis fait reculer beaucoup de gens, notamment Alexandre Mnouchkine des Films Ariane, le premier à qui nous en parlons puisqu'il suit Belmondo depuis le succès de *L'Homme de Rio*. Lebovici se tourne alors vers Alain Poiré chez Gaumont qui accroche tout de suite. Le transfert d'Ariane à Gaumont se passe rapidement et la production s'enclenche.

Pour le rôle de l'héroïne, qui d'ailleurs s'appelle Catherine et sera changée en Charlotte, Claude Sautet et moi pensons à Catherine Deneuve. J'ai envie de sceller nos retrouvailles. Mais elle vient d'accepter *Benjamin ou les Mémoires d'un puceau* de Michel Deville, autre film en costumes d'époque du XVIIIe siècle. Déçu, je me console en rêvant à ma tocade de l'époque : Julie Christie, qui explose à ce moment-là. Je sais qu'elle parle très bien français, elle a été jeune fille au pair en France. Je la rencontre alors qu'elle est de passage à Paris, essaye de la convaincre en lui parlant de Belmondo. Il semble que ça marche, elle veut faire le film. Elle me donne rendez-vous au bar de son hôtel quelques jours après. « Je suis avec Warren Beatty, me dit-elle, il dort encore mais il aimerait que nous dînions ensemble, il a une idée à vous soumettre. » Nous nous retrouvons pour dîner dans un restaurant thaïlandais et Warren Beatty m'entreprend : « Votre projet est trop lourd pour un film français, il faut le faire en anglais. Je suis prêt à vous aider, non seulement à jouer, mais aussi à produire. Si j'appelle le patron de Paramount, ce sera réglé en vingt-quatre heures. Qu'en pensez-vous ? » Je suis bouche bée. *Les Mariés* en anglais, une aberration ! Mon aventure avec Julie Christie se termine dans les sables. Alain Poiré s'en mêle : « Vous semblez absolument tenir à Julie Christie, mais elle a un accent. Quelle drôle d'idée quand même ! C'est une histoire française avec des personnages populaires français. Avez-vous pensé à Marlène Jobert ? Elle vient de tourner *Le Passager de la pluie* et enchaîne les tournages. » Il pense que sa présence aiderait en plus le financement du film. Je me raconte à nouveau l'histoire avec elle, je songe au personnage de Suzanne dans *Le Mariage de Figaro*, la jeune servante qui aspire à une ascension sociale. Oui, elle pourrait être très bien. Elle sera merveilleuse. En revanche, Belmondo s'entendra très mal avec elle. Il la compare au mur de Berlin. Lors d'une scène de poursuite, son personnage lui court après, ils se retrouvent émus au creux d'un arbre, dans les bras l'un de l'autre, ils s'embrassent.

Pour emmerder Marlène, Jean-Paul a mâchouillé une sorte de cigarillo toute la journée, et il l'a embrassée la bouche pleine de jus de tabac. Courageusement, elle n'a pas protesté.

Une coproduction italienne est prévue et après avoir eu la confirmation que Marlène Jobert et Jean-Paul Belmondo font le film, nous commençons la suite du casting à Paris. Je suis exigeant sur tous les seconds rôles. Je propose à Philippe Noiret celui du prince, il commence par dire oui, puis se fâche et se rétracte sous prétexte qu'on lui offre une somme dérisoire. Dans la même journée, j'appelle Jean-Pierre Marielle qui n'est pas libre – il fera la voix off du début mais ne sera pas au générique. Je propose alors le rôle à Jean Rochefort qui ne peut pas non plus. Michel Auclair accepte mais quand il apprendra qu'il n'est pas mon premier choix, il sera furieux. Il boudera pendant tout le tournage, comme un gamin, tournant la tête quand je lui parlerai, et refusant de m'écouter. Je serai parfois obligé de communiquer avec lui par l'intermédiaire de mes assistants.

Pour interpréter la jeune aristocrate vendéenne, Pauline de Guérande, on nous suggère une actrice italienne, puisque les Italiens coproduisent. Nous nous rendons à Rome avec Bernard Stora, mon assistant, et passons des heures chez des agents à regarder des photos. Je remarque Laura Antonelli. Qui est cette belle jeune femme qui n'a encore presque rien fait ? Nous ne pouvons pas la rencontrer, elle tourne en Asie. Nous visionnons le film *Vénus en fourrure* et l'engageons sans l'avoir rencontrée. Nous nous voyons à son retour alors que je suis en pleine préparation du film. Habituée à être castée pour son physique, elle débarque bras nus, vêtue d'une tenue de cow-boy, minijupe en daim et bottes à lacets. La parfaite héroïne de western sexy. Quelque chose cloche. Son personnage est une jeune aristocrate à la forte personnalité qui se bat pour une cause dans le camp des royalistes. Je lui en dresse un portrait assez austère. Au fil de la conversation, elle se ratatine sur sa chaise, tente de fermer son gilet pour cacher son décolleté ! Ne parlant pas un mot de français, elle apprendra son texte phonétiquement. Ce sera sa seule base de travail, elle parviendra à mémoriser la moindre intonation et à jouer les scènes telles que je les imagine, avec le bon tempo et la vivacité souhaitée, quasiment sans accent. Incroyable, même si on l'a quand même doublée par la suite. À la fin de son premier jour de tournage, elle rentre dîner et traverse le restaurant de l'hôtel, Belmondo y est assis à sa table présidentielle avec Ursula Andress. L'échange de regards immédiat entre eux en dit long. Jean-Paul est arrivé avec Ursula Andress, il repartira avec Laura Antonelli.

Pour le personnage du frère, un de mes assistants propose Sami Frey. Cela me paraît lumineux. Il a l'image du beau ténébreux, très aristocratique. Mais il vient du cinéma d'auteur. Le faire venir dans un film avec Belmondo est très compliqué. Au point que la production me suggère de trouver quelqu'un d'autre. Je n'y prête pas attention, je ne doute pas que l'affaire va se résoudre. Au début du tournage, alors que nous sommes déjà en Roumanie, à Brasov, je dîne avec Belmondo et toute l'équipe et demande naïvement à Alain Poiré si c'est réglé avec Sami Frey en France. La réponse me sidère. Rien n'est réglé et même pire, il ne veut plus faire le film ! On doit le remplacer. Justement, on a préparé une liste de noms à me soumettre. Je me lève, furieux : « Mais c'est impossible, qu'est-ce que c'est que cette histoire ? » Je quitte la table, plante tout le monde et monte dans ma chambre. J'ai le numéro de Sami. C'est le genre de type mystérieux qui ne répond jamais, mais miracle, il décroche. Il m'assure qu'il tient toujours à faire le film mais à ses conditions, c'est la production qui s'obstine. Coup de bol d'être tombé sur lui, et de nous parler directement. Je redescends dans la salle à manger, me rassois tranquillement et annonce qu'en ce qui me concerne, tout est réglé. Aucun commentaire. Le lendemain, le contrat est signé. Bizarrement, Sami demande à changer l'orthographe de son nom en mettant un y à Frei. Pense-t-il que le film est trop commercial ? En tout cas, il gardera cette orthographe par la suite.

Sur le plateau, au milieu des scènes d'action, Sami marque des pauses dans les dialogues. Je lui dis : « Dans une poursuite, on ne peut pas s'arrêter, donc si vous pouviez réduire vos pauses au minimum, ce serait formidable. » Cela devient une blague entre nous. Avant chaque scène, il lance : « Oui je sais, c'est une poursuite, il faut réduire mon temps. » Je me souviens d'un dîner merveilleux avec Marlène et Sami qui a beaucoup d'humour, il l'appelle Marie-Helène, prétendant que Marlène en est une déformation. Ce sont des moments de calme qui me font du bien au milieu du chaos que sera le tournage.

Je fais une nouvelle fois appel à Pierre Brasseur pour un petit rôle, il ne reste qu'une semaine sur le plateau mais sa présence bouleverse l'équipe. Il est dans un état lamentable, il boit beaucoup, se fiche de tout, n'établit aucune relation avec personne. Jean-Paul Belmondo, pour qui ce dernier est un dieu, s'en occupe de manière presque filiale. Mais Brasseur est odieux, il lui balancera, ivre mort : « Tu n'es pas un acteur toi, tu es juste un cascadeur. » Quelle tristesse ! Belmondo tiendra bon et ne le lâchera pas. Un grand comédien roumain, grand admirateur de Brasseur, demande à le voir, il se considère un peu comme son équivalent en Roumanie. Brasseur me supplie de l'accompagner : « Viens avec moi, je dois dîner avec un vieux con. » Nous arrivons sur le lieu du rendez-vous et apercevons le vieil acteur dans la rue, entouré d'une foule. Brasseur comprend qu'il est effectivement un acteur célèbre. Nous entrons dans le restaurant, prenons place. Le vieil acteur, pour qui Brasseur est un mythe, essaye de prendre la parole et de lui faire part de son admiration. Son idole ne le laisse pas en placer une, il parle à tort et à travers, ne le regarde même pas. Une scène pathétique et désolante. Pierre Brasseur mourra l'année suivante.

Quelques petits rôles sont distribués sur place. Beaucoup de Roumains parlent français, il existe une tradition d'amitié franco-roumaine. Ils sont souvent très bons, et doués pour l'escrime, apparaissant dans les films de cape et d'épée de l'époque. Claude Carliez, grand ami de Belmondo, l'a initié à la pratique pour le film *Cartouche* de Philippe de Broca, dix ans auparavant. Je travaillerai par la suite avec son fils Michel Carliez pour *Cyrano de Bergerac*, puis sur *Le Hussard sur le toit* et *Bon voyage*, pour la scène de la grande bagarre. Moi qui n'ai jamais touché une épée, je pratiquerai beaucoup l'escrime dans mes films !

9.

Alain Poiré a choisi un tournage en Roumanie pour que ça coûte moins cher. Son calcul se révèle génial. On ne peut construire nulle part ailleurs d'aussi grands décors et avoir de pareilles foules. J'ai l'ambition de montrer l'Europe à l'assaut de la France en allant jusqu'à Moscou, je veux qu'on sente la profusion de cette époque-là, « la France en marche, la France aux frontières, un grand film en costumes ». J'insiste beaucoup là-dessus et je ferai la même chose au moment de *Cyrano*. Je veux même signer un contrat où seraient prévues la quantité de figurants, de chevaux et les semaines de tournage, faisant fuir Serge Silberman, le producteur de Buñuel qui était dans la course au départ. La préparation et le tournage se déroulent dans un état de tension permanente.

Je fais appel à Alexandre Trauner pour les décors – le souvenir des *Enfants du paradis* flotte. Il m'accompagne lors du premier repérage à Budapest. Fort de son expérience et devant mes exigences, il comprend très vite que le tournage va être difficile pour lui. Alors qu'il a déjà commencé à dessiner des maquettes à Paris, notamment le décor de Grandchamp – la ferme fortifiée qui sert de quartier général aux chouans –, il m'annonce son désistement ! Il me conseille de m'adresser à Willy Holt. Je fais la connaissance de ce dernier en Roumanie quand il vient reprendre le flambeau. Je m'attache énormément à lui, nous devenons très amis. Willy est un ancien combattant, il a connu la déportation à Auschwitz, s'en est sorti grâce à son talent. Il dessinait si bien que les SS faisaient régulièrement appel à lui. Je pense souvent à ce qu'il a vécu.

Nous commençons le tournage par la fin du film, les scènes de bataille dans les Carpates. Premier jour, huit heures du matin, nous voilà installés sur une petite butte pour filmer des jeunes gens sur la route. Parmi eux, Belmondo allant vers l'est à la recherche de sa femme. Il tombe sur des conscrits dont Patrick Dewaere. On vient me prévenir : « C'est impossible, on ne peut pas tourner. » Le spécialiste des chevaux : « C'est encore pire que ce que l'on pouvait imaginer. La charrette est bien là, mais ils l'ont attelée à des étalons qui se sont battus, l'un d'eux est blessé, on les a évacués. » « Ok mais on ne peut pas aller chercher d'autres chevaux ? » « Oui mais ils ne sont pas arrivés. » On serait prêts à midi et on a déjà deux heures de retard (le moindre retard coûte beaucoup d'argent sur un tournage). Fin de la journée. Je relâche la tension accumulée par ces longs mois de préparation. Je me couche avec quarante de fièvre dans l'hôtel où nous logeons à Brasov. Un médecin appelé à mon chevet déclare : « Il faut l'emmener à l'hôpital. » Claudie comprend tout de suite que ma maladie est psychosomatique, elle refuse. Je reste couché. À peine commencé, on doit arrêter huit jours ! Cauchemar. Georges Valon, le directeur de production, débarque dans ma chambre : « Tous les acteurs et la troupe sont en bas, on compte sur toi. »

Au bout de trois jours, je me remets en selle. Mais rien ne se passe comme prévu. Tout pose problème. Chaque jour. Il y a les dépassements, l'attente perpétuelle des figurants, des machinistes, des chevaux, etc. Les difficultés me paraissent une montagne à escalader. Je déprime, j'ai l'impression d'aller dans le mur, mon rêve d'un *Autant en emporte le vent* à la française s'éloigne. Chacun se bat pour son territoire. Willy, qui pourtant tient le coup face aux mensonges, aux promesses non tenues, aux désertions, bref à la lourdeur du cinéma de l'Est, se plaint des décors. Ceux-là, magnifiquement construits, représentant la ferme fortifiée, sont affreusement peints. Il refuse de me les livrer sans que des patineurs interviennent, qui donneraient un peu de vie aux murs. « Tu n'as qu'à échanger des chevaux contre deux patineurs venant de France », me dit-il. C'est ainsi que des patineurs remplaceront des chevaux ! Alors l'homme aux chevaux se révolte – son titre de gloire est d'avoir collaboré à la course des chars de *Ben-Hur*. « Vous vous rendez compte, on refuse de me montrer des chevaux. Il paraît qu'ils sont dans le Nord, mais impossible d'y accéder. Je ne peux pas faire votre film, c'est impossible. » Puis c'est au tour de Claude Renoir à la lumière, il s'inquiète à propos du tournage d'une séquence de nuit : « On me refile d'anciens projecteurs soviétiques des années 1950, une galère. Il faut reporter cette séquence, au moins en fin de journée. » « Ce n'est pas possible, on doit tourner de nuit, avec les feux et la danse. » Enfin, le chef costumier : « Vous êtes piégé, personne ne travaille, les costumes ne seront pas finis à temps. » Et il n'y a pas d'harmonie entre les acteurs principaux, il faut que ce soit moi qui la crée… Je rejoins l'équipe des pleureurs et confie à ma femme : « C'est le bureau des plaintes, je suis fou d'avoir accepté ce tournage, ce film va être épouvantable. » Georges Valon, capitaine courageux qui a déjà fait des films en Yougoslavie, maintient le cap dans la tempête et me rassure : « Ne t'inquiète pas, je suis certain que le film se fera malgré tout. » J'ai du mal à le croire. De plus, de ce malheureux pays de l'époque de Ceausescu ne jaillissent que des images de tristesse. Sur la route des studios, nous croisons des miséreux sur des charrettes tirées par des bœufs. Cela paraît indécent d'exiger autant de luxe pour le film dans un pays si pauvre. Un malaise qui persistera pendant toute la durée du tournage.

Je finis par craquer un soir au restaurant de l'hôtel. « Je suis beaucoup trop jeune pour vivre ça, j'ai encore d'autres choses à faire. Vous n'avez qu'à trouver un autre réalisateur. Ça suffit, j'en ai ma claque. Je rentre à Paris ! » C'est une blague, se disent-ils, jusqu'au moment où je demande à Georges Valon de prévenir Gaumont. Un choc.

Dès le lendemain matin, Gérard Lebovici m'appelle. De longues conversations téléphoniques. Il parvient à me convaincre. Je reviens sur ma décision. Mes deux assistants, Bernard Stora et Marc Grunebaum, sont des soutiens formidables, ils m'emmènent voir la charrette et le carrosse qui doivent servir pour la scène de la fuite vers l'est. Construits par Willy et son équipe, ils sont exactement comme les avait dessinés Alexandre Trauner. Je replonge dans mon rêve. Marc Grunebaum le perçoit, il reprend espoir, s'exclame : « Ça prend vie, hein ? On ne va pas s'arrêter là. » Je n'oublierai pas ses paroles. Je me rends à l'atelier des costumiers, en dépit de leurs plaintes quotidiennes, ils ont progressé. Une des costumières passe la robe décolletée destinée à Laura Antonelli. Une merveille. Nous tournons la scène de la fête de la Raison dans la cathédrale. Des dizaines de figurants en costumes. Mon fantasme hollywoodien ressurgit.

Ma religion du plan m'impose de tourner tel que c'est écrit, ça ou rien. Je suis obsédé par mes tableaux parfaits. Je réalise que ça prend trop de temps. Les regards sont éloquents chaque fois que nous dépassons. Mes assistants ont fait le calcul : « À ce rythme, on y sera encore à Noël ! » L'atmosphère reste très tendue. Gaumont me tanne pour que j'accélère. C'est trop long, je dois couper, retirer des plans. Alain Poiré vient assister au tournage. « Alors, que pouvez-vous enlever ? » demande-t-il. Pierre Gillette, le monteur, propose : « Après la ferme de Grandchamp, on n'a pas besoin de voir Jean-Paul s'enfuir avec Marlène puisqu'on les retrouve plus tard. On pourrait simplement les voir s'éloigner dans la nuit. » Je ne suis pas fermé à la proposition. Nous filmons donc le couple dans la nuit sur le même cheval. Mais Poiré en exige plus. Je pourrais aussi couper une séquence de Laura et de Sami, je leur dis : « J'envisage de faire un plan serré sur vous deux qui regardez partir Jean-Paul et Marlène, puis cut. » Comprenant que je veux sacrifier leur final, ils refusent de tourner cette scène. Ils ont signé pour un rôle qui va être tronqué. Cela déclenche une grève des acteurs. Que faire ? Je me suis engagé à faire des coupes auprès de mon producteur, pourtant je comprends les acteurs, deux personnages formidables risquent d'être sacrifiés ! Bernard Stora trouve la solution. « On pourrait tourner un dimanche, avec Sami, Laura et ceux de l'équipe qui seraient d'accord, je ne le ferais pas figurer dans la feuille de service, ça n'apparaîtrait nulle part. » Claude Renoir est partant, nous tournons quand même leur scène, celle du frère et de la sœur, telle qu'elle est écrite. Bernard Stora fait au même moment un rapide voyage à Paris pour raisons familiales. Il passe chez Gaumont et, à son retour, me raconte qu'ils sont très contents des rushes. Cela me met du baume au cœur.

Alain Poiré, qui n'a pas encore compris ma manière de faire et craint un montage interminable, est heureusement surpris à la fin du tournage. Fort de l'expérience de *La Vie de château*, Pierre Gillette a monté pendant qu'on tournait, du « tourner monter » qui a permis de gagner du temps.

Pour la musique, contrairement à *La Vie de château*, j'ai eu, dès le début, un son en tête dans le goût du XVIIIe siècle. J'écoutais en boucle un concerto pour orgue de Haendel que j'ai fait entendre à Michel Legrand. J'ai une telle confiance en lui, sa musique a soulevé mon premier film. Le concerto l'inspire. Chez lui, il me joue un thème qui me plaît immédiatement. « Peut-être manque-t-il un aspect un peu guerrier ? Non ? Parce qu'au fond, on évoque les guerres de l'Empire. » Il percute immédiatement. En quelques jours, il incorpore une partie martiale afin de retomber sur le thème. Épatant ! Nous nous retrouverons au studio Davout avec un orchestre de quatre-vingts musiciens. J'en aurai la chair de poule ! De nouveau, la musique soulève le film ! Quelques mois plus tôt, il m'aura aussi demandé des paroles pour une chanson dans la scène de la fête de la Raison. Il pianote, j'écris, je trouve le début, on a la chanson en vingt minutes. Loin de la méthode Rappeneau ! Il y a urgence et pas d'enjeu. C'est ma seule inscription Sacem en tant que parolier. Tous les ans, je recevrai une petite somme d'argent pour *Les Mariés*. Les premières années, je trouverai cela grisant. Je finirai par toucher plus d'argent pour ces paroles que pour le scénario !

Avec le recul, même si je me suis assoupli et ai refait le découpage, je reprocherai au film trop de raideur. L'enrubannage caméra deviendra essentiel pour moi, parce que c'est là que le mouvement lié à ce qui est raconté est le plus réussi.

Nous serons finalement récompensés d'avoir bravé toutes ces épreuves. *Les Mariés* sera un grand succès. Il sera sélectionné au Festival de Cannes. Le communiqué de la sélection saluera une production française d'ampleur et de qualité en même temps. « Le cinéma populaire à son meilleur », dira-t-on. À cause d'une grève, aucun journaliste ne pourra assister à la projection à Cannes, mais le film obtiendra de bonnes critiques dans un second temps. Plusieurs années après, j'aurai l'occasion de voir Alain Poiré, il m'annoncera que le film a quitté le rouge financièrement. Les années passeront sans que les gens oublient le film, et ce sera une immense joie. Mes petits-enfants le découvriront sur grand écran, assis au premier rang d'une salle pleine, bien plus tard. Quand on restaurera le film, il y aura une soirée dans la grande salle de la Cinémathèque française où Jean-Paul et Marlène seront présents. Quand ils arriveront, il y aura une standing ovation et des applaudissements à n'en plus finir. Ce sera magnifique. Ne s'étant pas revus depuis le tournage, ils tomberont dans les bras l'un de l'autre et discuteront si longtemps qu'on sera obligé de leur demander de se taire. Avant la projection, on donnera à Belmondo un Blu-ray du film restauré qu'il tiendra de sa seule main valide. Costa-Gavras, assis au premier rang à côté de lui, me racontera qu'avec, il se cachait les yeux. Il pleurait, ému de revoir Laura Antonelli avec qui il a vécu pendant des années.

10.

Après la sortie des *Mariés de l'an II*, j'ai envie de me poser. Je vis avec Claudie depuis sept ans, elle a connu le succès de *La Vie de château*, m'a accompagné tout au long des difficultés des *Mariés*. Nous avons besoin de nous consacrer l'un à l'autre. Nous nous marions, nous emménageons dans un nouvel appartement et avons notre premier fils, Julien. Je recommence à rêver au film suivant, un temps de latence très long, qui deviendra une habitude.

« Vous tournez quand ? » me demande-t-on. Une question comme un leitmotiv. Et pourtant, pas un jour où je ne travaille pendant ces longues années. Je rêve beaucoup à mes films, à ceux qui se feront et à ceux qui ne se feront pas. Chaque réalisation est une traversée. Une existence en réduction : la naissance du projet, son essor, la bataille du tournage, la folle excitation, parfois la dépression en cours de route, puis l'accomplissement. Et soudain, je suis comme un naufragé sur la plage. Le bateau est parti. Je guette le large, à l'affût du prochain voyage. Des navires passent de temps en temps, je suis tenté de m'embarquer. J'attends qu'un rêve ressurgisse, d'être fortement empoigné.

Chaque jour, j'écris, j'accumule des carnets emplis de notes, de réflexions, les miennes et celles des personnes que je rencontre et consulte parfois, les livres lus, les pièces et les films vus, inspirants. Y a-t-il plus de films que j'écris, que je prépare, que de films que je tourne ? On est loin des quatre-vingts réalisés par Raoul Walsh !

Pierre Lhomme me parlera d'un livre de G. K. Chesterton : *Le Club des métiers bizarres*, pendant le tournage du *Sauvage*. Combien de fois, dans les années qui suivent, me lancerai-je dans son adaptation, seul ou avec d'autres ? Le récit du film à venir emballera toujours mes auditeurs. Le dernier d'entre eux, trente ans après la première version, sera Jean Dujardin lors d'un déjeuner dans une brasserie de la porte d'Auteuil. Convaincu par mon récit, il improvisera devant moi le début d'un film qui ne se fera jamais. Un autre titre reviendra plusieurs fois dans mes cahiers : *Henri IV*, de Pirandello. L'histoire d'un homme qui, après un accident, se croit devenu un empereur d'Allemagne au XIe siècle. Joue-t-il la comédie ou est-il devenu fou ? En tout cas, il terrorise son entourage, le force à entrer dans son fantasme. Extraordinaire personnage. En 2004, Claude Chabrol annonce qu'il va tourner *La Demoiselle d'honneur*, un roman de Ruth Rendell. Un choc pour moi. J'ai travaillé deux ans sur l'adaptation du livre et suis sur le point d'en acquérir les droits ! Plus tard, René Cleitman, qui sera le producteur de *Cyrano de Bergerac*, mais aussi mon ami, parvient à me convaincre de tourner une pièce de Jean-Claude Grumberg qui se joue au théâtre de la Colline, *Zone libre.* De passionnantes conversations avec Grumberg s'ensuivront mais n'aboutiront à rien.

J'ai longtemps en tête un projet en Algérie, né de conversations avec Alain Cavalier après *La Vie de château.* Je songe à l'Algérie de l'après-guerre et à la société de travaux publics créée par mon grand-père maternel, cette succursale vers laquelle allait et venait ma famille, pour voir si les affaires se portaient bien, si prégnante dans mon imaginaire d'enfant. Mais après avoir fait un premier film qui se passe au printemps 1944, et un autre pendant la Révolution, je cherche un sujet d'aujourd'hui. Par exemple : évoquer les grandes propriétés de vignoble où travaillent les Algériens pour lesquels on a des sentiments paternalistes. J'en parle avec Jorge Semprún que je vois régulièrement. Il évoque un domaine près d'Alger, le début d'un film qui serait le retour d'une jeune femme chez son père, dans ce domaine où elle a grandi. Puis l'idée évolue, je note dans mes carnets : « Une grande propriété. Une famille. Un homme venu d'ailleurs débarque à l'aube à l'aéroport, à Alger. Avant cela, un début, une nuit de cet homme à Monte-Carlo. Un univers nocturne et alcoolisé des années 1930. Je pense à *Citizen Kane* quand il danse au milieu des filles dans une fête à son journal. » Je discute avec l'écrivaine pied-noire Marie Cardinal qui évoque l'Algérie dans ses livres. Elle m'emmène déjeuner chez le général Bigeard. Je rencontre Mohammed Lakhdar-Hamina, le metteur en scène algérien, palme d'or pour *Chronique des années de braise*. Il est prêt à coproduire le film et à m'ouvrir les portes en Algérie. Très sympathique, il m'invite là-bas. Je passe quelque temps à Tipaza, ville magnifique où Camus a écrit *Noces*. Je loue une voiture, pars en prérepérage dans le sud du pays. J'essaye de faire surgir une histoire. Cela tourne toujours, par glissements successifs, autour de l'idée d'un ailleurs, une fuite géographique. Les années 1970 sont là et, avec Alain, on finit par se dire qu'au fond, la guerre est derrière nous. Ce qui coupe court à mes histoires algériennes. D'autant plus qu'Alexandre Arcady s'y met. J'ai cependant toujours l'impression qu'il n'y a pas de film sur l'Algérie coloniale.

De l'époque où j'ai été dans le sillage de Louis Malle qui passait son temps en boîte de nuit, je garde en tête l'histoire d'un playboy parisien qui, après une énième nuit de beuverie, manque d'être tué d'un coup de pistolet par une femme. Grand scandale. On jette le pistolet dans l'évier de la cuisine de la boîte de nuit. Finalement, il part à l'aube se réfugier dans une île du golfe du Morbihan. Avec ma sœur Babou, on écrit un long début décrivant la fuite de l'homme. J'en discute avec Jean-Claude Carrière qui suggère une histoire de survie dans un environnement hostile. Pourquoi pas ? Il écrit à toute vitesse un script : *Le Couteau suisse*. Une sorte de Robinson dans une île, armé de son couteau suisse avec lequel il peut tout faire. Il aperçoit un jour des bateaux déposer des valises la nuit et pense que ce sont des trafiquants de drogue, etc. Cela nous servira dans l'écriture du *Sauvage*.

Je retombe un jour sur le livre *Victory* de Joseph Conrad que Louis a longtemps voulu adapter. En commençant à le feuilleter, je le trouve formidable. J'appelle Louis, me demandant pourquoi il n'est pas allé au bout du projet. La ligne est occupée. En attendant je bifurque dans ma tête, j'imagine une première partie en ville, puis dans un port – dans le livre en Asie, pour moi en Amérique du Sud. Quand le personnage arrive dans son île, l'héroïne est déjà là, installée chez lui. Je mets ainsi un pied dans ce qui deviendra *Le Sauvage*.

Georges Perec, un ami cher, m'avait fait remarquer plus tôt que si je continuais comme ça, le « gap » entre mon premier film et le suivant allait être énorme. Comme s'il pressentait déjà le système Rappeneau qui prendra son temps entre les films ! Il pense qu'il faut réduire ce temps, le ramener à quelques mois. « Allons dîner tous les deux, il y a beaucoup trop de monde ici », me dit-il, le soir de notre rencontre au Moulin d'Andé alors que je suis en préparation des *Mariés*. « Continue d'écrire ce film et, pendant ce temps-là, je te prépare un autre projet. Quand tu auras fini, hop, le gap sera réduit à zéro ! » S'ensuivent d'interminables conversations en Normandie dans la maison d'une amie où nous séjournons longtemps.

Je confie à Georges mon désir de tourner à nouveau avec Catherine Deneuve. Nous élaborons un projet d'une vingtaine de pages, qui a même un titre : *Julie les antipodes*. L'histoire d'une petite coiffeuse de Provence qui casse sa tirelire pour se payer une semaine de vacances au Club Med aux Antilles. La jeune fille et quelques « gentils organisateurs » du club sont enlevés par les Tupamaros (que l'on retrouvera dans *Tintin* sous le nom de Picaros). Elle parvient à s'échapper en volant un vélo, se retrouve dans la jungle et tombe sur un groupe d'écologistes. On rira beaucoup en imaginant son épopée. Mais la production des *Mariés* s'accélérant, *Julie les antipodes* tombe dans les oubliettes. Bien plus tard, après la sortie du *Sauvage*, je reverrai Georges et il me dira : « Alors finalement, tu as fait le film ? » « Quel film ? » « *Julie !* » « Mais ça n'a rien à voir ! » « Excuse-moi, il y a Catherine Deneuve, il y a un vélo et ça se passe aux Antilles ! »

Nous nous retrouverons et nous lancerons dans un autre projet d'écriture. Cette fois, je lui signe un contrat pour lui prouver que je suis sérieux, le 4 septembre 1978 : « Jean-Paul Rappeneau à monsieur Georges Perec, je vous confirme nos derniers entretiens au cours desquels il a été convenu que (...) je vous engage pour écrire avec moi un synopsis d'une trentaine de pages d'un scénario original intitulé provisoirement *Le prince Michel*, ce synopsis devra être terminé au plus tard le 15 novembre, pour ce travail, vous percevrez une somme de (...) » J'ai un énorme respect pour l'écrivain qu'il est, pour ce qui le hante – sa mère est morte à Auschwitz, il l'évoque parfois. J'aime aussi son humour, tout passe par le rire avec lui. Il est à la fois passionné par la comédie et par l'histoire, c'est d'ailleurs ce qui nous rapproche. Il imagine une comédie historique, un petit étudiant français de banlieue tombant sur un groupe de fanatiques qui lui annoncent qu'il est le seul descendant d'un vieux royaume d'Europe de l'Est et veulent le remettre sur le trône. Georges rédige un synopsis sous forme d'un sujet de rédaction : « À la mort de votre père, vous découvrez qu'il était le dernier prétendant légitime d'un royaume depuis longtemps disparu, la Carinthie. Mais ni lui ni votre grand-père n'ont fait ce qu'il aurait fallu pour défendre les droits de ce peuple sacrifié et, aux yeux des Carinthiens en exil, le nom des Debronetz est devenu synonyme de lâche et de traître. Que ferez-vous pour redonner à votre nom sa dignité perdue ? » Suivi du résumé du film également sous forme de rédaction. On discute avec passion, il écrit beaucoup, le thème de la guerre traverse le projet qui s'intitule désormais *La Couronne de fer*. Je vais voir Perec à l'abbaye de Royaumont où il participe à un colloque, nous marchons dans le parc tout en parlant à bâtons rompus de l'écriture du scénario. J'abandonnerai pourtant le projet qui ne parviendra pas tout à fait à me convaincre.

Jean-Marc Roberts, autre ami cher, aujourd'hui disparu, rêve d'écrire avec moi un film se déroulant dans le milieu de la mode. Une grande créatrice de mode assez hautaine, qui serait interprétée par Deneuve, recueille, au cours d'un voyage, une fille perdue (nous pensons à Isabelle Adjani) pour s'occuper de ses enfants. Cette fille n'a l'air de rien et pourtant, elle va prendre de plus en plus d'emprise sur les enfants, sur la marche de la maison, jusqu'à devenir indispensable. Le personnage de Deneuve réalise peu à peu que la jeune fille est en train de la dévorer. Elle finit par coucher avec son mari, et par devenir créatrice à son tour. Une sorte d'*All About Eve* dans la mode. Nous travaillons sur la rivalité entre Isabelle Adjani et Catherine Deneuve. Il y a mille possibilités de rencontres entre elles. Nous racontons l'histoire à Adjani après *Tout feu tout flamme*, alors qu'elle veut à nouveau tourner avec moi. Elle est enthousiaste. Jean-Marc et moi déjeunons au moins une fois par semaine aux Bouchons, une brasserie des Halles. Nous écrivons une quarantaine de pages, le film a pour titre : *Chic* ! Entre-temps, le film *Recherche Susan désespérément* sort au cinéma, avec Madonna et Rosanna Arquette, il raconte deux histoires en une, avec deux femmes qui ne se rencontrent jamais. Jean-Marc se dit que nos deux héroïnes ne devraient pas non plus se rencontrer. On ne parvient pas à créer une vraie situation dramatique, je suis incapable de dire où ça mène, il manque un but à l'histoire. Je prends des notes : « Isabelle est la fan de Catherine, Catherine est son idole. Oui, mais c'est quoi le sujet ? Il faut une aventure en plus. Aventure donc danger, danger donc... Catherine voit très bien celui que représente la jeune fille parfaite qui est chez elle, elle y pense parfois, la redoute. » Le lendemain, je note encore : « Coup de téléphone de Gérard Lebovici, à peu près totalement négatif, il pense que rien n'existe entre les deux filles. On voit assez bien le personnage de Deneuve, on devine ce que ça pourrait donner. Par contre, celui d'Adjani n'existe pas. Il se demande pourquoi deux filles ? Ça lui paraît être un carcan que je me suis imposé et qui me pèse (c'est un peu vrai). » Quand je lui dis « Et la mode ? », il répond : « Oui, peut-être, mais alors pas comme ça. » Nous déjeunons avec Catherine Deneuve, elle est catégorique : « La mode, ce n'est pas ça. On voit que vous avez cherché à animer le rituel des années qui passent, les préparations répétitives des collections, les défilés. Mais je connais bien cet univers, c'est plus compliqué que ça, plus grave, plus profond, on ne peut pas en parler dans une fiction qui ne tient pas debout. Je ne le ferai pas. » Je ressens un échec créatif total. Tout s'arrête là. Violemment. Jean-Marc le prend très mal au point qu'il ne retournera plus aux Bouchons, ni dans le quartier des Halles. Trop douloureux.

Deux auteurs majeurs de la littérature populaire américaine feront chacun un passage sur ma table de travail, Fredric Brown avec *La Fille de nulle part* et, plus tard, Donald Westlake (souvent adapté par les cinéastes français) avec *Drôles de frères*, histoire d'une bataille immobilière autour d'un ancien couvent en plein Manhattan. Un jeune moine prend la défense de sa communauté mais tombe amoureux de la fille d'un chef mafieux. Je tente une adaptation du roman *Le Revenant*, très bon livre du Lyonnais René Belletto, qui, après un début simple et triste sur les pentes de la Croix-Rousse, s'échappe sur les routes d'Europe et devient un vrai roman d'aventures. Puis, Paul Morand. *Lewis et Irène*. Je n'aime pas l'écrivain ni ce qu'a été sa vie. Pourtant je me passionne pour la première partie du roman, jusqu'à me battre pour essayer d'en faire un film. L'histoire est celle d'un amour entre deux requins de la finance, leur rencontre en Sicile sous de fausses identités reste pour moi inoubliable.

J'assiste à une représentation d'*Atys* de Lully à l'Opéra-Comique dans la mise en scène magnifique de Jean-Marie Villégier. Sa vision puissante du XVIIe et de la cour m'inspire une histoire criminelle et une enquête à mener à la même époque et à Versailles. Je lis beaucoup sur le sujet. Ce château qui ronfle comme un paquebot, avec ses dizaines de fenêtres éclairées, me fascine. Dans les combles, les domestiques mais aussi de grands noms veillent dans la nuit. Le jeune homme dont je voudrais raconter l'histoire viendrait de ces combles, il serait appelé par un duc pour être le précepteur de latin de son fils et il tomberait amoureux de la fille du duc. Soudain, les gens seraient malades les uns après les autres, empoisonnés. Lui s'enfuirait avec la femme dont il est amoureux et passerait la nuit avec elle. J'écris une première ébauche dont je parle à Pascal Quignard que me présente Jean-Louis Livi. Quignard me propose de l'adapter, il écrit une centaine de pages qu'il intitule *Versailles Noir*. Je laisserai tomber parce que j'obtiendrai les droits du *Hussard sur le toit*. Des années plus tard, je rencontrerai le romancier Marc Dugain qui veut faire un film sur l'affaire des poisons au XVIIe siècle. Le sujet me tentera à nouveau mais je n'en ferai rien.

Je cherche plusieurs fois à adapter un roman de Patrick Modiano, dont je suis un grand admirateur. Mes deux tentatives les plus marquantes sont *Quartier perdu* (le retour à Paris, vingt ans après, du héros Jean Dekker devenu écrivain en Angleterre), et *Dimanches d'août* (les plages fluviales des bords de Marne, la fuite vers le Midi et le diamant disparu). Je finirai par travailler avec lui sur *Bon voyage*.

Les films qui ne se tournent pas nourrissent ceux qui se font. Le mystère de la rareté, la nécessité du doute font désormais partie de ma cohérence.

11.

Après *Les Mariés*, après mon mariage et la naissance de Julien, je suis invité au Brésil au festival de São Paulo où mon film sera présenté. Je passe par Rio. Je découvre l'Amérique du Sud. Je suis frappé par l'énorme mégalopole, ce mélange de richesse et de pauvreté, ces autoroutes qui traversent les villes sens dessus dessous, les encombrements énormes, le bruit permanent. Pour nous reposer, on nous emmène à une heure de là, sur une plage du port de Santos. On y aperçoit une île au loin. Une sorte de jardin botanique au milieu de l'eau, luxuriant, à la Douanier Rousseau, qui contraste avec le paysage urbain omniprésent. Nous n'avons pas le temps de nous y rendre. Mais dans l'avion qui me ramène à Paris surgit la possibilité d'un film, contemporain, bleu, sauvage.

Un type fuirait la métropole pour une vie écologique au large, il serait obligé de se rendre de temps en temps dans l'immense cité, oppressante, un univers à la *Blade Runner*. Il est pourtant si près du paradis. Est-ce la première idée du film suivant ?

Je décris à Babou mon image d'île au large, ça lui plaît, on réfléchit ensemble. De nouveau, le problème n'est pas de trouver un sujet mais de faire face à la longueur de l'écriture, sans doute une négociation avec la peur. Je note nos discussions sur mes carnets : « Un homme laisse tout tomber pour vivre sur une île, il emmène une fille là-bas. Il reste à trouver le lien entre mon Robinson et la demoiselle en détresse. » Nous nommons l'héroïne Nelly, le prénom de notre tante maternelle qui n'a pas vécu longtemps mais compte dans notre famille. Je reprends mes observations sur l'adaptation de *Victory* envisagée par Louis Malle, elles me semblent pouvoir être utilisées pour cette nouvelle histoire : « L'endroit est isolé. Obligation sinon le couple prendrait la fuite. S'il s'agit d'un désert, le seul véhicule, l'avion. » Je repense au *Couteau suisse* de Jean-Claude Carrière, un projet dont là aussi je peux reprendre certains éléments, tel le personnage de Robinson Crusoé. Je tourne les pages de mes carnets : « Après relecture du script de Jean-Claude, on se fout complètement de cette histoire de valise – début inutile, pas réutilisé dans le film, que se passe-t-il entre eux ? Ce sont des naufragés : bon. Mais Babou a raison, la découverte de cette fille inconnue sur le pont du bateau n'a aucun effet, c'est artificiel et plat. L'histoire est irracontable, je ne sais pas ce que je raconte, je suis incapable de répondre à la question : qu'est-ce qui t'intéresse dans cette histoire ? Que garder dans le script ? Redéfinir la ligne de leurs rapports. 1) L'élément extérieur : est-il lié à eux ? Est-ce à cause de lui ou d'elle que les visiteurs débarquent ? 2) Est-ce un hasard s'ils tombent sur un trafic dont on ne sait rien ? En fait, à l'heure actuelle, ni l'histoire d'amour ni l'action ne tiennent la route. Ce qui existe et doit rester, c'est le fait qu'elle lui impose sa présence, le dérange, que le séjour commence par une violente hostilité avec des territoires séparés. À rajouter absolument : la jalousie d'un autre homme. » Puis je reviens au projet *Victory*, énumère les difficultés qui surviennent, ce qui est à garder, à déplacer. Je poursuis : « Pourquoi craindre l'île ? N'est-ce pas ce qu'il y a de plus net et de plus beau si on va dans un endroit totalement opposé à celui d'où l'on vient ? Je ne pense pas que Louis ait eu raison de choisir les îles grecques pour *Victory*. Trop blanc, trop de soleil. Tout est en vue, alors que le livre suggère des arbres immenses, des feuilles larges, l'humidité, une sombre forêt avec des ouvertures sur la mer brûlante. N'oublions pas que dans cette histoire, on se cache. La fille qu'il a emmenée est recherchée. Les îles, l'océan Indien, les Seychelles, les Comores, Maurice, les Antilles, Caracas, Maracaibo, le Pacifique, l'Océanie, les îles au large du Brésil… L'île sert pour certains plans, le reste peut être tourné à terre. »

Je dessine des croquis de l'île, un plan que l'on verra dans le film d'ailleurs. J'ai une vision, je vois de grandes feuilles vernissées, la luxuriance, le soleil qui pique à travers les branches. Mes notes se poursuivent : « Après l'abandon de l'Algérie, le Brésil nous montre que l'ailleurs tropical existe. Dans ce que Jean-Claude Carrière avait fait, et dans la tentative de Louis Malle d'adapter le livre de Conrad, se retrouve toujours un homme sur une île qui y emmène une fille en détresse pour échapper aux dangers qui la menacent. Très bien. Mais je me demande : et ensuite ? Que vont-ils faire ? Quelle situation en résulte ? Elle est sauvée, donc c'est fini ? »

Tout commence toujours par le crayon et le papier, il faut beaucoup écrire pour faire naître une histoire. Ensuite, il faut un public, il faut raconter. Ma sœur Babou devient celle à qui je conte. « Tu grimaces là ? Pourquoi ? » Je guette la moindre de ses réactions. « Mais non je ne grimace pas. » « Tu t'ennuies ? Ça ne marche pas ? »

Je continue à écrire, j'en parle avec Claude Sautet, aussi avec Jean-Claude Carrière, des discussions à n'en plus finir. Nous cherchons comment relancer l'histoire. Jean-Claude Carrière propose que des gars planquent de la drogue dans l'île. Claude Sautet plaisante : « Il n'a qu'à faire cuire son poisson ! » (C'est justement ce que dira Alain Delon quand il refusera le film, il ne se voit pas faire cuire du poisson.) Un jour enfin, ça fait tilt, le film se dévoile comme une évidence !

Il faut démarrer en ville quand le personnage aide une femme à se dépêtrer de ses ennuis, lui veut retourner tranquille sur son île, d'autant plus qu'elle semble être une emmerdeuse. Il la laisse donc en plan, mais ses ennuis se poursuivent. Elle ne peut pas retourner en

France comme elle le souhaite, aussi elle cherche à le retrouver. Elle se renseigne, trouve un hydravion et le rejoint. On n'a pas encore entendu parler de l'île. On la découvre au loin quand il est sur son bateau et la voit courir vers lui. En fait, ils s'y sont rendus tous les deux par des moyens différents. Il y a alors un flash-back. Tout part de là. Puis les situations s'enchaînent. Il est furieux, lui dit qu'elle ne peut pas rester, elle lui demande de l'amener sur une autre île pour prendre un avion. Éclate une dispute. Folle de rage, elle coule son bateau. Ils sont condamnés à rester ensemble. Ils se disputent le territoire. C'est la guerre sous les palmiers. Je suis de plus en plus enthousiaste. On évoque ensuite la possibilité que les méchants débarquent. Qu'ils fassent finalement alliance contre eux. Babou et moi attaquons la construction. Cela devient un scénario entre *Délivrance* et *Duel dans le Pacifique* de John Boorman avec des bagarres à n'en plus finir et des coups de feu, un peu Tintin aussi ! Le film existe à partir du moment où elle lui impose sa présence en lui courant après, ce n'est pas si mal foutu.

En pleine écriture, je vais au Festival de Cannes et assiste à la projection de *La Mort d'un bûcheron* de Gilles Carle avec Carole Laure, que je sollicite. « Comment s'appellera votre film ? » me demande-t-elle. « *Le Sauvage.* » « Je peux être sauvage », me dit-elle.

Je donne le scénario à lire à Claude Sautet, nous sommes maintenant très amis, il ne m'épargne pas : « Lourdeurs répétitives, comédie explicative à l'américaine, parfois le personnage de Martin fait artificiel, pas de scène entre les deux personnages principaux, frustration. » Il fait des remarques dans la marge : « choquant » ou bien « on s'en fout », bref, il n'aime pas du tout. Sauf le début, en ville, les poursuites de voiture, ça il adore. Nous ne sommes pas d'accord, le début est ce que j'aime le moins et c'est ce qui vieillira le plus. J'admire beaucoup le travail que fait Jean-Loup Dabadie sur les scénarios de ses films. Je me suis toujours dit que si je faisais un film contemporain, j'aurais besoin de lui. Je lui envoie la première version à laquelle Babou et moi avons abouti. L'idée du rêve de l'île le séduit. Contrairement à Claude, il aime moins les bagarres du début. Il a l'idée d'un tableau de Toulouse-Lautrec que l'héroïne vole. Dans cette première version, elle est danseuse dans le monde de la nuit. On se pose la question de savoir pourquoi un Français rencontrerait une Française au bout du monde, au Brésil ou ailleurs. Pendant un certain temps, le personnage est un Américain, j'écris même à Elliott Gould, mais on se demande dans quelle langue parlerait le duo Gould/Deneuve. Et puis, que ferait-elle là-bas ? Ce n'est pas vraisemblable. Jean-Loup Dabadie suggère que la jeune femme ne soit pas libre, elle épouse l'autre homme et s'enfuit le jour du mariage, les situations s'empilent.

Au fur et à mesure, je dicte à Claudie, mon épouse qui tape toujours la première version de mes scénarios, j'aime avoir ses réactions en direct, elle est ma première spectatrice en quelque sorte. La scène où les deux personnages prisonniers sur l'île se bagarrent. Lui n'en peut plus de cette folle, il prend un ananas qui traîne et le jette sur elle avec rage. Elle le reçoit derrière la tête et s'écroule, évanouie. Décontenancé comme un enfant qui a fait une grosse bêtise, il la porte, la couche sur un canapé sur la terrasse. Il ne sait pas quoi faire, va chercher de l'eau. Elle finit par ouvrir les yeux, il est heureux. Et voilà qu'elle l'embrasse. Claudie s'interrompt et s'exclame : « Enfin, c'est invraisemblable, il vient de l'assommer ! » Elle me fait la critique en direct et cela servira la scène du baiser qui viendra joliment dans le film. J'ai besoin de construire peu à peu ma conviction en écho aux réactions de mes proches ; après, au moment du tournage, je deviens inatteignable.

J'ai une telle confiance en Claude Sautet que je ne parviens pas à oublier sa perception : tout ce qui se passe sur le continent est formidable, mais sur l'île, ça traîne – lorsque Deneuve et Montand, isolés du reste du monde, font la cuisine, se passent des coups de fil d'une cabane à la grande maison. Finalement, ce seront mes scènes préférées. Le tournage des poursuites automobiles et des cascades de Rémy Julienne sur les autoroutes de Caracas me rassurera mais avec le temps, dans l'imaginaire collectif, ce seront les deux personnages sur une île qui resteront. Je serai très frappé quand, des années plus tard, Claude me racontera que lorsqu'il revoyait ses films à la télévision, il se rendait dès le lendemain au laboratoire pour couper des passages, remonter un peu. Cela me paraîtra d'abord invraisemblable. Ainsi, des plans entiers de *César et Rosalie* disparaîtront à jamais. Quand on restaurera *Le Sauvage*, j'en profiterai pour couper des passages en ville. Je n'enlèverai aucun plan dans l'île !

Pour écrire, Jean-Loup Dabadie a besoin de prendre des décisions concernant les personnages. Sont-ils français ? Américains ? Brésiliens ? Est-ce l'histoire d'une petite Américaine qui rencontre un Français ou bien d'un Américain qui rencontre une Française ? « Arrêtons de rêver, me dit-il, qui va jouer ? Et surtout qui va produire ? Je ne veux pas me lancer dans le vide ! » Il est la voix de la raison. Je pense à Raymond Danon chez Lira Films, aux magnifiques films qu'il a produits, notamment ceux de Claude, mais aussi les premiers de Bertrand Tavernier. Nous nous rendons dans ses bureaux avec Babou. Il me demande de lui raconter. Je lui narre toute l'aventure – c'est la seule fois où ça m'arrivera. J'y mets tellement d'énergie, suis si exalté que je l'entraîne dans mon fantasme. Il pose les mêmes questions que Dabadie sur la nationalité des personnages. « Vous me parlez de nationalités différentes, mais ça doit être un film français. Il faut deux grands acteurs français. » Il devient urgent d'avoir le casting. Jean-Loup ne peut pas dialoguer, tant qu'il ne sait pas qui joue. « J'ai besoin d'avoir la musique des acteurs dans la tête », dit-il. J'oublie Carole Laure. J'ai envie de retrouver Catherine Deneuve mais suis sceptique. Depuis *La Vie de château*, elle est devenue une icône, presque une dame. Il y a du Saint Laurent dans l'air, comment cela peut-il coller avec le côté hippie du film ? Jean-Loup, qui aime infiniment *La Vie de château*, me pousse : « Il faut justement la prendre, ça pourrait être amusant. »

Nous lui rendons visite dans le grand appartement qu'elle loue avenue Henri Martin. Elle a toujours été locataire. Il y a quelque chose de libre, non établi chez elle. Marcello Mastroianni est déjà dans sa vie. Elle est enchantée par le projet. Une fois de plus, elle me séduit avec son rire extraordinaire. J'en suis fanatique. Elle devine tout de suite que c'est intéressant pour elle car je lui propose quelque chose de nouveau. À la lecture, elle évoque le fait que la nature est très présente. Sous-entendu, devrai-je me dénuder ? Oui, il le faudra sans doute un peu, notamment dans la scène du naufrage du bateau. Plus tard, nous négocierons l'unique plan où l'on voit ses seins. Je me dis que le personnage ne peut pas garder des vêtements trempés, elle pourrait alors voler ceux d'Yves Montand. Catherine Leterrier qui fera les costumes adorera l'idée et lui fera un look avec différents vêtements d'homme.

Il faut ensuite trouver un acteur français, et construire une biographie scénaristique qui explique comment ce type se retrouve à l'autre bout du monde. Je pense à un capitaine d'industrie qui laisse tout tomber, un peu comme le personnage de *L'Arrangement* d'Elia Kazan avec Kirk Douglas. Ce qu'on retrouvera aussi dans *Itinéraire d'un enfant gâté* de Claude Lelouch. Jean-Loup rétorque : « On aura du mal à s'identifier à un grand patron qui n'a pas de problème d'argent et pour qui c'est facile de partir sur une île où il peut se faire livrer des surgelés par hélicoptère ! Il faudrait un artiste, peut-être dans la parfumerie, dont l'ambition est contrariée par le business. Les grands nez, par exemple, inventent des parfums. Ils ne sont pas très nombreux et les plus talentueux sont très convoités. » Je m'exclame : « Oui, bien sûr, et il faudrait que l'Amérique soit mêlée à ça. Un type gentil pourri par le monde des affaires américain. Une sorte d'Estée Lauder, grande patronne des cosmétiques, tomberait amoureuse de lui et le ferait travailler pour son groupe. Il se marie avec elle mais le groupe prend de l'ampleur, le pressure tellement qu'il n'a plus envie et s'enfuit. » Cela tient le coup. Après nos longs échanges, Jean-Loup commence à écrire les scènes. Il a besoin de solitude, contrairement à Daniel Boulanger ou à Jean-Claude Carrière. Il m'invite chez lui seulement quand il a rédigé l'arrivée sur l'île. Je m'isole dans une pièce pour lire, certains passages me font tellement rire qu'il m'entend taper sur la table. « Je n'oublierai jamais ça, s'exclame-t-il, que demander de mieux ? » Je répète : « C'est merveilleux, vraiment merveilleux. »

Nous voilà avec un scénario de cent pages que Jean-Loup appelle « le petit livre gris ». Un cahier avec une couverture grise. « Ce n'est pas la peine d'envisager Lino Ventura dans le rôle, me dit-il, il refuse de jouer les amoureux, il ne veut pas prendre une femme dans ses bras donc l'histoire d'amour ne marcherait pas. » Je repense à Jean-Paul Belmondo. Un déjeuner est organisé entre Gérard Lebovici, Jean-Loup et Jean-Paul. Il débarque avec Laura Antonelli dont il partage désormais la vie. Je me lance à nouveau dans mon récit, il paraît intéressé. Pourtant, je perçois un malaise. Il me semble que s'il accepte le rôle, Laura jouerait l'héroïne. Lorsqu'ils quittent le restaurant, je demande confirmation à Gérard : « Si je lui propose le rôle, il s'attend à ce que je prenne aussi Laura, non ? » « C'est certain, répond Gérard, ils veulent tourner ensemble. » Ils feront d'ailleurs *Docteur Popaul* de Claude Chabrol. « Je les aime beaucoup mais vraiment, ce n'est pas possible, ils sont déjà dans mon dernier film. »

Nous évoquons ensuite Alain Delon, on hésite, le voit-on dans une comédie ? Sa séduction pourrait servir le film. Il ne s'agirait pas de lui faire jouer des choses comiques. Au contraire, il pourrait être la mouche du coche en gardant son côté farouche. Le contraste avec la fille qui papillonne autour de lui pourrait marcher. Je vais trouver Delon aux studios de Boulogne-Billancourt où il tourne. Il accepte de lire une version résumée rédigée par Jean-Loup avec la description des scènes. On attend sa réponse mais Gérard Lebovici me prévient : « Si tu le prends, tu dois également prendre Mireille Darc. Après le succès des *Seins de glace*, le polar de Georges Lautner, ils doivent absolument enchaîner. » Je suis déjà moins enthousiaste. Finalement Delon décline : « Vous me voyez grimper aux arbres ? (Ce qui n'est pas du tout dans le film !) Et faire griller mon petit poisson ? » Ça ne fonctionne pas et c'est tant mieux, me dis-je.

On commence à envisager Yves Montand que Dabadie connaît bien grâce aux derniers films de Sautet. Il tient à faire valoir sa position privilégiée auprès de l'acteur. J'ai envie de faire plaisir à Jean-Loup, et lui demande de me le présenter. On le rencontre ensemble. Quand Montand comprend qu'on est d'abord allés voir ailleurs, il est suspicieux, hésite. En entendant le titre, il demande : « Le sauvage, c'est moi ? » La réponse le séduit évidemment. La deuxième fois, il a lu une version dialoguée pratiquement aboutie, il nous en parle comme d'un brouillon. Jean-Loup le prend mal. « Je veux faire le film, lui assure Montand, mais il y a beaucoup de choses qui ne vont pas du tout, à commencer par les petites blagues qui ne sont pas drôles. » Jean-Loup se fâche. Ce qui pour nous fonctionne parfaitement, c'est de faire dialoguer les personnages comme s'ils étaient un petit couple parisien justement. Montand n'approuve pas, il trouve ça trivial. Il luttera longtemps : « Vraiment ? Vous trouvez ça marrant ces petites histoires ? » Oui, ces joutes verbales sous les tropiques, ce décalage entre les échanges citadins et l'île déserte nous font rire, c'est le charme du film. Nous tenons bon. Nous soupçonnons Simone Signoret de superviser et de lui suggérer ses remarques ! Yves Montand ajoute : « Ce type doit vraiment être le sujet. Il mène bataille alors qu'il a été écrasé par le capitalisme. Ce qui serait formidable, c'est qu'il prenne à la fin une revanche éclatante sur le système. » Nous devons justement réfléchir à la fin du film. Jean-Loup est libéré provisoirement quand Deneuve se réjouit des dialogues.

Je me tourne à nouveau vers l'Italie pour une partie du casting, comme je l'ai fait pour *Les Mariés de l'an II*. Nous songeons à Vittorio Gassman pour le rôle du fiancé abandonné par Catherine. Au téléphone, il est très sympathique mais pas libre. Nous garderons son prénom pour le personnage. À Rome, on me propose un garçon qui a la même prestance que Gassman, très gentil, mais infiniment triste parce que sa femme vient de le quitter. Quelques années plus tard, Luigi Vannucchi se suicidera, ne s'étant jamais remis de sa dépression. Pour les personnages américains, un ex-amoureux de Nelly et Miss Mark, j'ai repéré Tony Roberts aux côtés de Woody Allen et l'actrice Bobo Lewis dans un film de Jerry Lewis. L'ex-femme d'Yves Montand doit parler français, ce sera Dana Wynter. Je propose le rôle d'un certain Aldo – un jeune homme auprès de qui Nelly, le personnage de Deneuve, trouve de l'aide – à Julien Clerc. Je le connais un peu et il m'a souvent confié qu'il aimerait faire du cinéma. Cette première apparition pourrait justement lui permettre de mettre un pied dans le métier. Il s'en réjouit, mais le personnage disparaîtra du scénario, balayé par Jean-Loup. Pour ce dernier, on doit se concentrer sur Nelly et Martin. Il ne restera de ce jeune homme qu'une vision à la fenêtre lorsque les méchants débarquent sur l'île. Deneuve, qui aura vent de la proposition faite à Julien Clerc, appellera le jeune figurant Julien.

Avant le début du tournage, je réunis Catherine Deneuve et Yves Montand lors d'un déjeuner dans un restaurant de la place Dauphine où il habite avec Simone Signoret. Ils font connaissance, je les prends en photo, regarde Yves séduire Catherine, c'est merveilleux de voir l'alchimie opérer entre les personnes auxquelles vous avez rêvé !

12.

L'année du tournage et de la sortie du *Sauvage*, 1975, sera aussi marquée par la naissance de mon deuxième fils, Martin, qui porte le prénom du personnage joué par Yves Montand.

Pour le moment, la préparation commence. Je rappelle Pierre Lhomme, le directeur de la photo de mes débuts. Je ne l'ai pas pris pour *Les Mariés*, il prenait beaucoup de temps dans *La Vie de château* et ça ne paraissait pas pouvoir fonctionner en Roumanie. Il accepte, tout en me faisant sentir cette infidélité. Il sera très fier des lumières du *Sauvage*, jamais les mêmes selon les lieux, et nous ferons d'autres films ensemble. Il me présentera Philippe Brun, un immense cadreur qui travaille avec Alain Resnais et avec lequel je m'entendrai très bien.

Je pars rapidement à la recherche de mon île rêvée. Existe-t-elle ? En tant que gérant de Cobéla Films, je dispose d'un peu d'argent pour développer mes projets, cela me permet de travailler hors des grandes productions. L'image du Brésil, l'île au large de Santos dans laquelle je ne suis jamais allé, constitue un point de départ. En réalité, c'est une illusion, il n'y a pas d'îles de ce genre au Brésil. Avant la signature définitive avec Lira Films et Raymond Danon, mon grand ami, Christian Ferry – important producteur délégué, qui fait venir les grands studios américains dans le cinéma français –, m'accompagne faire le tour des îles des Antilles. Nous nous rendons à la Guadeloupe à Saint-Vincent, à Sainte-Lucie, une série d'îles luxuriantes, mais pas de maison adéquate pour mon Robinson. Et puis les taxes sont chères pour un tournage aux Antilles. On atterrit finalement à Caracas où nous faisons escale avant de reprendre un avion pour Paris. Nous nous promenons dans les rues. De la musique et des rires proviennent d'un jardin, nous nous approchons, c'est un mariage italien. Sur l'avenue, à l'entrée du restaurant, deux types avec des fusils à canon sont assis sur un petit muret, brusquement on est dans *Le Parrain* ! Je reviens en France avec l'obsession de tourner à Caracas. Le mariage de Deneuve, au début du film, sera inspiré de l'atmosphère de la mafia italienne perçue là-bas et tourné au Venezuela. Il y a un lien entre les États-Unis et l'Amérique centrale dans le film. Je tiens à respecter une réalité topographique minimale, il me semble que Caracas convient pour sa proximité. Mais où trouver la maison sur une île ? Lira Films prend contact avec un coproducteur israélien qui a une structure aux Bahamas et propose d'aller là-bas. Je proteste : « Pas une île des Bahamas, c'est plat comme une galette. » Je m'y rends quand même avec Ralph

Baum, le directeur de production. Il y a bien deux ou trois palmiers mais aucune luxuriance. Il faut continuer les recherches. Mon assistant, Jean-Michel Lacor, prêche pour le Mexique, on fait un périple sur la côte pacifique, là où Philippe de Broca a tourné *Le Magnifique*, ce n'est toujours pas ce que j'imagine. Raymond Danon qui paye les voyages s'impatiente. Il est décidé que nous tournerons dans la jungle du Venezuela pour la luxuriance et que la maison sera construite aux Bahamas. Dans cette perspective, je rencontre Max Douy, un grand décorateur français. Je lui décris la fameuse maison qui n'existe que dans mon imagination. Il étale de grandes feuilles de papier sur une table, me pose des questions, m'amène à préciser mes idées. En m'écoutant, il esquisse un plan, des croquis. C'est extraordinaire, il dessine pour la mise en scène. Pour *Les Mariés*, Alexandre Trauner apportait ses maquettes et je devais me débrouiller avec. Ici le scénario devient un lieu, la maison, un personnage. Max Douy décide de la construire au milieu de l'unique petit bosquet de palmiers, près d'une plage de sable blanc aux Bahamas. De part et d'autre, se trouvent des villas. Il faut donc être frontal, filmer la maison de face ou de dos vers le ponton sur la mer. Les villas, elles, ne doivent pas entrer dans le champ. Il faut inventer sans cesse. Un véritable jeu de construction. Le bosquet luxuriant ne mesure que vingt mètres, et pourtant, on y tournera les poursuites en revenant toujours au même endroit. Ainsi quand Deneuve vole le poisson de Montand, il la poursuivra au milieu de ce qui semble être une forêt.

Elle court comme une folle, il la rattrape, elle s'enfuit à nouveau. Tout cela se passe sur le même chemin, parcouru quinze fois de suite. Pour de nombreux plans, je devrai prendre des décisions stratégiques. Quand on les voit monter des sacs de grains dans la montagne et parvenir à un potager, en fait, il s'agira d'un jardin ouvrier, à Saint-Cloud. Quand Deneuve grimpe dans un arbre et regarde le radeau avec des jumelles, elle ne sera pas aux Bahamas mais au Venezuela. Ou encore, les plans aériens, quand Yves Montand se rapproche de l'île à l'aube, c'est un assistant, basé dans le Midi, qui trouvera l'île de Port-Cros. Vu de la mer, le relief évoque un peu les îles Vierges. Par obligation, je découvre un challenge qui m'exalte : la géographie imaginaire. Je déclinerai cette méthode à plusieurs reprises par la suite : dans *Tout feu tout flamme* avec le casino censé être au bord du lac de Genève, mais qui se trouvera être un faux casino abandonné à Saint-Cloud, on ouvre une fenêtre sur la Suisse alors qu'on est à des kilomètres de distance. Dans *Cyrano de Bergerac*, je jonglerai avec une multitude de décors. Dans *Le Hussard sur le toit*, nous tournerons dans quatre-vingts lieux différents à travers la France.

La maison de Montand sur l'île est si réussie que Francis Giacobetti la photographiera pour le magazine *Lui*. Il me racontera que sa fille, Olivia, a vu *Le Sauvage* quarante fois. La première fois, elle avait neuf ans et la scène dans laquelle Montand, maître parfumeur, est assis au milieu de toutes les fioles, a déclenché sa vocation.

Durant la semaine précédant le tournage, on filme des vues de Caracas de nuit pour le décor de la chambre d'hôtel. Catherine Deneuve attend le réveil d'Yves Montand, écarte les rideaux. Le jour se lève sur les montagnes, les néons des publicités clignotent au loin. Zoom sur son visage près de la fenêtre. Dans la vitre se découpent les montagnes de Caracas et les néons illuminent les immeubles – on est pourtant en studio, dans le décor construit par Max Douy à Boulogne-Billancourt –, c'est très beau. Autres jolis plans : sur l'île, quand elle veut rester avec lui, le tutoie d'un seul coup et s'étrangle en disant « salaud », un avion passe au-dessus d'eux, on voit l'espionne à bord qui tient une photo de Montand sur son bateau. Ça n'a l'air de rien mais c'est de la dentelle, ce que Modiano appellera mes « arabesques ».

Pour l'hôtel de Caracas, j'ai en tête un perron, des marches, et surtout, une porte tournante qui jouera un rôle essentiel. Nous trouvons un immeuble parfait en plein centre-ville. La production parvient à convaincre les habitants. « Oui, mais, et la porte tournante ? L'objet de la scène ? » On découvre que ce genre de portes n'existe pas en Amérique du Sud, elles sont faites pour empêcher le froid d'entrer. Je m'exclame : « Ah bon, alors il n'y en a pas sous les tropiques ? Peut-être au Brésil ? Ou ailleurs ? » « Nulle part dans cette partie du monde », me répond-on. Je ne cède pas. « Alors on va la construire. » Bernard Stora dira que dans la préparation d'un film, je suis une sorte de « bulldozer mou » !

Max Douy se bat pour que j'aie ma porte. Pour lui, il faut faire ce qui est écrit. Je trouve l'intérieur de l'hôtel un peu grand, il rétorque : « C'est pour que tu puisses travailler ! » Ainsi, il démontera des parties du décor pour faire de la place au tournage. Il ne me tient pas au courant de l'avancée de la porte tournante, je suppose qu'il va bricoler un truc sur place. En réalité, non. Il veut qu'elle soit parfaite, qu'elle tourne et que ça tienne, il la fait construire dans son atelier à Boulogne-Billancourt, et son équipe la démonte pour l'emmener au Venezuela ! Dabadie assiste à une discussion avec Ralph Baum. Ils se demandent comment transporter la porte. Ce sera en bateau. Jean-Loup est sidéré. « Ce jour-là, me dira-t-il plus tard, j'ai compris que je ne ferais jamais de mise en scène, je n'aurais jamais eu le courage et l'aplomb de faire fabriquer et d'embarquer une porte tournante dans un cargo pour Caracas ! » Un jour, j'arrive devant l'immeuble et la porte est là, exactement comme je l'ai voulue.

Pendant la préparation en studio, tous les matins, je me rends en voiture à Boulogne en passant par l'avenue Denfert-Rochereau. Là, se trouve une droguerie qui expose des appareils d'électroménager sur le trottoir. Au milieu de tous les articles, il y a une magnifique cuisinière à gaz rouge. À force de la regarder chaque jour, je décide sur un coup de tête de l'emporter au Venezuela. Le personnage de Montand la transportera sur la plate-forme de la camionnette rouge déglinguée lors de ses péripéties sur les autoroutes de Caracas quand il accompagne Catherine Deneuve à l'aéroport. Il traverse alors beaucoup de quartiers pauvres, les ranchitos, et ça accrédite la réalité de la situation. Une fois le film fini, un ami dans la publicité, dont l'agence détient le budget Rosières, me dira que l'entreprise désire m'offrir la même cuisinière pour me remercier de la publicité gratuite. « Ils n'ont qu'à nous payer à la place ! » « N'exagérons rien, à la fin du film, la cuisinière explose, du coup on se dit que le produit n'est pas fiable ! » J'offrirai la Rosières à ma belle-mère qui la mettra dans sa maison de campagne.

Je commence à travailler sur la poursuite en voiture de Caracas alors que nous sommes déjà dans la jungle de Carupano. Le cascadeur, Rémy Julienne, se rend sur place, dans la ville, pour renforcer les voitures du carambolage, briefer les mécanos et commencer à tourner certaines scènes. Il est accompagné d'une seconde équipe dont Marc Monnet et Vladimir Ivanov. Ils me montrent les rushes. Je passe beaucoup de temps et d'énergie sur ces séquences. Le film *Bullitt* est sorti récemment, on doit y aller aussi fort. Il y a une excitation à se mesurer au cinéma américain sur son terrain. Lorsqu'on restaurera le film, je réaliserai que ces scènes sont trop longues et ont vieilli. Je couperai un épisode entier où des voitures américaines de toutes les couleurs s'égarent dans les quartiers populaires. Raymond Danon viendra assister au tournage. Une scène dans laquelle Deneuve vient de fuir son mariage et traverse les fameuses autoroutes, de nuit, sous la pluie, au milieu du trafic. On attend les pompiers pour faire la circulation mais ils sont tous mobilisés à cause d'un grand incendie dans Caracas. Juste le jour où le producteur est là ! Finalement, Danon décide qu'on tournera à Paris. De retour en France, nous voilà porte de Bagnolet, Deneuve doit traverser l'autoroute en courant sous la pluie au milieu des voitures lancées à fond qui freinent brutalement. Un plan unique, spectaculaire et courageux de sa part. Les chauffeurs sont extraordinaires de précision, mais si on regarde attentivement, deux véhicules l'esquivent de justesse, elle dérape et manque de tomber, elle se rattrape. « Coupez. » Tout le monde applaudit. Je félicite l'équipe. « Mais où est passée Catherine ? » Je la trouve derrière une voiture en train de vomir. Elle a eu tellement peur !

Huit jours avant le début du tournage, Yves Montand est saisi par le trac, ça arrive à beaucoup d'acteurs mais lui s'en fait pour tout. Il est tendu, chargé d'angoisses, demande des changements, prétextant qu'il ne peut pas dire ça à tel moment, etc. Je suis alerté par un coup de fil de Jean-Loup. Dès son arrivée, Montand, bougon, monte tout de suite dans sa chambre et redescend pour discuter sans même défaire ses valises. Il revient sans cesse sur « les petites blagues ». Je sais qu'il se méfie de moi, et de la comédie, loin des films de Costa-Gavras et de Claude Sautet, malgré la patte de Dabadie. Je l'interromps : « On ne peut pas continuer comme ça, Yves, je ne suis pas le dialoguiste du film. On va appeler Jean-Loup, se remettre au travail, repousser le début du tournage s'il le faut. » Ça ne suffit pas à l'apaiser.

Son agent, comprenant que ça se passe mal, débarque sur le plateau. « Ne t'inquiète pas, me dit-il, c'est une grande gueule mais pas très courageuse. Tape du poing sur la table. » Je suis son conseil. Montand s'apaise. Nous commençons à tourner au Venezuela, dans la jungle de Carupano, dans la petite cabane construite par des charpentiers du coin sous la direction de Max Douy. Montand a été entraîné dans une salle de sport pour la scène de bagarre où le mari débarque pour récupérer sa femme. Les pompiers doivent faire de la fausse pluie. On tourne en nuit américaine. Rien n'est simple. Les rushes, développés en France, reviennent la semaine suivante. Les acteurs ne sont pas supposés les visionner mais Montand y tient. Sa colère se déchaîne. On ne voit rien ! Son visage reste dans la pénombre en permanence. Effectivement, il s'agit d'un combat dans l'obscurité, on devine les coups sans voir qui les donne. Montand est longtemps inquiet sur le tournage, quand il n'est pas jaloux. Il est persuadé que je prends plus de plaisir à filmer Catherine, qu'il n'est bon qu'à lui « servir la soupe ». Il se trompe. Leur couple me ravit. Et je le trouve exceptionnel dans le film. Il le comprendra plus tard.

Beaucoup d'intérieurs sont tournés à Paris, notamment la scène d'amour dans la chambre de la maison tropicale. Martin raconte son enfance à Grasse, et son parcours, comment il est devenu parfumeur. Quand Montand prononce « Grasse », avec l'accent qui évoque son passé, la biographie du personnage devient crédible.

Le génie de Jean-Loup Dabadie ! Pierre Lhomme fait merveilleusement les raccords nuit/jour entre la vue luxuriante des Bahamas et le décor de la chambre au studio de Boulogne. Je prépare Catherine à la scène, je lui avais dit qu'on filmerait ses seins sans voyeurisme : elle est supposée dormir, les rayons du soleil percent à travers les persiennes, des coups de marteau la réveillent, elle se redresse sur le lit, il est logique qu'elle soit nue à ce moment-là. On la voit ensuite sortir, habillée simplement avec la veste de Montand. Elle est d'accord. « Au fond, me dit-elle, ce sera comme un coup d'éventail, un effet mais sans insister. » Pierre Lomme fait sortir tout le monde. Il reste pour cadrer. Je prépare la lumière. Elle arrive en peignoir, se couche, et donne son vêtement à l'habilleuse. La prise est réussie. On la refait une fois pour plus de sûreté. « Coupez, merci, c'est fini. » Catherine remet son peignoir, sort du lit et s'évanouit d'émotion.

À la fin de la première semaine de tournage, on organise une fête dans un café sur la place de Carupano. À l'époque, il y a encore des guérilleros, nous avons donc des gardes du corps, j'aperçois les pistolets sous les chemises. Assis près de l'orchestre, je regarde Catherine et Yves danser au milieu des habitants. Je l'ai voulu, j'y suis. Quel bonheur de tourner avec ces acteurs-là !

13.

Après Caracas, en route pour les Bahamas. Max et une partie de l'équipe sont déjà là-bas, la maison est construite. On est en plein mois d'août, il fait extrêmement chaud. La chaleur ralentit les énergies. On tourne le plus possible en fin de journée sur le ponton, au coucher de soleil. Mais nous ne pouvons pas toujours éviter les journées en plein cagnard. La lumière sur les visages est alors affreuse et tout est difficile à photographier. Ça hante Pierre Lhomme. « C'est une catastrophe », dit-il sans cesse. Et pourtant il y parviendra. Son travail sera remarqué.

Michel Legrand compose une très jolie chanson jazz, sur des paroles de Boris Bergman. Elle est chantée par José Bartel qui était la voix de Guy dans *Les Parapluies de Cherbourg*. Montand est ravi. Après avoir mis le disque, Martin entre dans la cuisine en dansant et met la table pour deux en rythme. C'est très court mais un moment fort. Finalement, Nelly ne vient pas, il va chez elle dans la cabane dans les bois. J'adore ce passage, et le dialogue qui suit. Il lui fait une déclaration d'amour alors qu'elle lit dans son lit. Il faut toujours écrire pour un spectateur qui découvre l'histoire, j'ai l'obsession de ne pas faire deviner la suite, de surprendre.

Ainsi au début du film, quand l'héroïne quitte Caracas au milieu des disputes de sa belle-famille italienne. La mère n'arrête pas de hurler. Puis on coupe. Ils sont au téléphone avec une personne qui leur annonce que Nelly n'était pas dans l'avion à l'arrivée à Paris. Cut de nouveau. Nelly dort, allongée sur un canapé, on ne sait pas où elle est. Je ne veux aucun son. Cut. Martin se réveille sur un petit bateau, à l'aube. L'île au loin (c'est l'île de Port-Cros), il remet le moteur en route. Cut. On revient sur elle qui se réveille et peu à peu, le bruit du moteur. Là, le spectateur comprend. Et c'est magique, la découverte, la voir se lever, se diriger vers la fenêtre, pousser les volets à claire-voie. Dans un même plan, quelques secondes après, on découvre le ponton et le petit bateau au loin qui avance vers elle. Elle va vite laver un truc dans l'évier de la cuisine, se regarde dans un petit miroir, remet ses cheveux en place. Il y a de la séduction. Elle court dehors. J'aime l'idée qu'elle soit là avant lui. Il l'interroge, démarre le flash-back explicatif. La musique de Michel Legrand attaque, les images défilent. On la voit courir avec son sac dans un couloir à carreaux couleur brique, trouvé porte des Lilas dans le métro, et parfaitement raccordé à l'aéroport de Caracas. Puis elle survole l'île en hydravion avec un pilote. La musique s'accentue. C'est exactement ce que j'ai rêvé, et ce qui fait rêver !

Je suis le seul à avoir vu la maison conçue et construite par Max Douy. Dans l'avion qui nous emmène aux Bahamas, Philippe Brun plaisante : « On va tourner les contrechamps les plus chers du monde ! » Dans le film, la maison est censée brûler. Avec des effets spéciaux mécaniques, des rampes à gaz font un effet formidable le temps nécessaire. Les pompiers sont présents. Une maquette de deux mètres de haut, identique à la maison, est fabriquée et mise sur front de mer pour préserver l'originale. L'originale avec son ponton sera rachetée par un Américain, il la fera démonter pour la reconstruire en Martinique où un guide proposera des visites touristiques de la maison du *Sauvage* ! Il est vrai que le film a coûté cher. Mais il a rapporté aussi beaucoup d'argent. Un film français dans ces conditions serait impossible à tourner aujourd'hui. Il faut un grand producteur derrière et Danon est alors le roi de la place.

On ressent de temps en temps le mécontentement de Montand pour avoir été mon second, voire troisième choix ! On me raconte que lorsque je suis absent, il s'exclame quelquefois : « Je ne suis pas Belmondo ! » Il va même jusqu'à appeler ma femme. « Vous savez, dit-il à Claudie, il y a des choses que Belmondo peut faire, mais votre mari refuse d'entendre que moi je ne peux pas. » Martin doit courir derrière Nelly lorsqu'elle va prendre son avion. « Ça non, répète Montand, il y en a qui courent sans cesse dans les films, moi ce n'est pas mon cas ! » On est sur le point d'appeler la production pour annoncer qu'il ne fera pas ce plan. À bout de nerfs, je finis par lui dire de faire ce qu'il veut. Il ne court donc pas, il fait de grandes enjambées, on sent qu'il se retient. Dans le plan suivant, Deneuve disparaît, la caméra reste sur lui, il fait une chose que je n'ai pas prévue, il soupire et lâche : « Ouf ! » L'apport de l'acteur ! C'est parfait et ça lance la suite. Autre séquence où il doit courir après l'héroïne : il est supposé l'emmener en bateau à Saint-Domingue, ils se dirigent vers le ponton, elle comprend qu'il va, en fait, la déposer sur le continent, elle s'enfuit à vive allure, il doit la poursuivre. Montand s'interrompt en pleine scène : « Vous ne pouvez pas lui dire de courir un peu moins vite ? Je n'arrive pas à la rattraper. »

Je deviens très copain avec Catherine et quelques membres de l'équipe. On forme un petit groupe qui se retrouve le soir à l'hôtel, nous parlons beaucoup de Montand. « Vous savez ce qu'il a dit ? Ce qu'il a fait ce matin ? » On se moque gentiment. Un soir, nous picolons un peu trop, réunis dans la chambre de Catherine, nous nous esclaffons, surtout son rire à elle ! Quelque temps après, nous trouvons un petit mot glissé sous la porte. « Bonne soirée », signé Yves. Il a tout entendu !

Mais même si on continue parfois à ressentir le mécontentement de Montand, il y a des moments délicieux avec lui. Ainsi, chaque matin, alors que nous nous rendons en voiture sur le tournage, je l'entends chantonner *Chez Laurette*, de Michel Delpech. Je me sens privilégié, cette chanson lui va si bien alors qu'il ne l'a jamais enregistrée.

Nous avons eu du mal avec la fin. Comment les gens auxquels le héros veut échapper arrivent-ils à le retrouver ? Certes, il vit sous une fausse identité, mais ça paraît néanmoins compliqué. Jean-Loup a suggéré que ces gens sachent depuis le début où il se cache, des agents l'ont repéré, et, pour le moment, n'interviennent pas. J'ai proposé qu'une dame le surveille. Emballement de Jean-Loup : « Il est donc en liberté surveillée ! On s'est foutu de lui, on lui permet de se promener mais en fait il est en laisse ! » Ça a libéré la construction.

Avant le tournage, Montand est obsédé par cette fin. « Je vois que le scénario n'a pas bougé, j'attends toujours la revanche qui doit vraiment être un coup de tonnerre, je serai intransigeant là-dessus, s'il ne prend pas sa revanche sur le système capitaliste, je ne fais pas le film, nous a-t-il menacés, vous allez vous écraser, ce sera ridicule ! »

Jean-Loup, toujours certain que Signoret est derrière lui, a trouvé une solution pratiquement la veille de mon départ pour le Venezuela. « Si on finissait par ramener le personnage à New York dans le groupe genre Estée Lauder ? Pour fêter son retour, on donnerait une conférence de presse pendant laquelle il dénoncerait tous les abus du groupe, les tricheries financières, les rachats fictifs, les magouilles, etc. On essayerait de le faire taire. Une vraie scène à la Costa-Gavras. Peut-être une grande bagarre. » Je me suis dit que ce serait pas mal, et on l'a raconté à Yves Montand. « C'est sensationnel, a-t-il dit, mais vraiment pas votre truc. Laissez-moi faire. J'en ai parlé à Simone, elle est très amie avec James Baldwin, l'auteur américain, il est en ce moment à la maison, il va l'écrire. » Pour la vraisemblance, il faut que ce soit en anglais, James Baldwin écrira donc un discours en anglais que Montand encensera. La gueule de Jean-Loup ! On tournera la bagarre avec des cascadeurs dans une salle bourrée de journalistes américains avec le discours de James Baldwin. Un type appuie sur une alarme, et les sprinklers se mettent en marche, inondent la pièce. Je tiens à ce que ça finisse dans la folie, comme dans un aquarium. Une journée de tournage, extravagante, et de nouveau coûteuse. Yves Montand jubile, c'est sa grande scène.

Pour la séquence finale à la campagne, je demande à l'assistant de Pierre Lhomme de filmer en Bourgogne, Saint-André-en-Morvan, le village d'origine des Rappeneau. Là-bas, dans le cimetière, sur trois tombes sur quatre est inscrit mon nom. Les villageois m'enverront de nombreuses lettres de compliments à la sortie du film. Dans la dernière scène, Catherine Leterrier coiffe Deneuve d'un petit chapeau en papier comme en portent les peintres, elle est absolument ravissante. Perchée sur un échafaudage, elle doit sauter puis courir vers Montand. Elle lui tombe dans les bras, puis l'image se fige. C'est le dernier plan. Comme c'est un peu court, Marie-Josèphe Yoyotte, la monteuse, suggère un ralenti. On a donc rallongé, fait plusieurs prises. Deneuve court, court, court sur la musique. Et tout s'immobilise.

Nous avons pris du retard dans le tournage. J'écris à Michel Legrand que ça va être la course pour la musique. Il me répond de ne pas m'inquiéter, on y arrivera. Lorsqu'il visionne le premier bout-à-bout, il me dit tout de suite que le plus important c'est leur romance. Je réponds : « C'est aussi une aventure. » « Pour l'aventure, je ferai avec du cor anglais, répond-il, comme dans le western. » Je me rends à nouveau chez lui, il me joue les thèmes du film qui m'enchantent. Tout est fait en quinze jours.

Le montage commencera alors que nous tournons encore. Babou, à Paris, va voir les rushes, en parle avec Marie-Josèphe, elles me donnent leur avis par téléphone. On fera une première projection avec Yves Montand, Catherine Deneuve, Gérard Lebovici, Jean-Loup et sa femme, Claudie et moi, et l'équipe de Lira Films. Enthousiasme général, bravos, etc. Simone et Yves rentrent chez eux à Auteuil. Nous traînons. La femme de Jean-Loup lance : « Ils sont merveilleux tous les deux, mais à la fin, il y a cette scène à la Costa-Gavras qui n'a rien à voir avec le reste du film, ça a l'air d'une blague. » D'autres renchérissent : « Oui, ça semble faire partie d'un autre film. Qu'est-ce que ça vient faire là-dedans ? » Soudain c'est l'unanimité contre la fin. Même Gérard Lebovici et Claudie me disent que c'est très mauvais. Je dors mal. Dès le lendemain, je me rends à la salle de montage. « On a un gros problème », dis-je à Marie-Josèphe. Elle me répond que ça fait longtemps qu'elle le pense mais n'osait rien dire. Je prends mon téléphone et compose le numéro de Montand. « Je veux vous le dire tout de suite parce qu'on se connaît depuis longtemps, je vais couper la fin à New York. » Un silence, puis : « J'admire ton courage », répond-il. Je le vouvoyais, lui passait du vouvoiement au tutoiement. Pour les choses importantes, il me tutoyait. Il ne proteste pas. Je pense qu'il a dû le sentir. Ou Simone le lui a dit. On enlèvera simplement la scène !

Il faut mixer dans la foulée sans traîner, nous avons une date de sortie. Mais soudain, je ne peux plus me lever, fatigue de surmenage ! Raymond Danon vient me voir, le planning est remis en cause, la campagne de promotion, les tournées. La sortie est décalée d'une semaine. La première sera un triomphe. Yves Montand et Simone Signoret semblent ravis. Le film sortira au Colisée sur les Champs-Élysées, les gens feront la queue jusqu'à l'autre côté de l'avenue. Un ami me racontera qu'il est entré dans la salle à la fin de la première séance, les gens debout ne partaient pas et applaudissaient encore.

14.

De Broca est toujours dans les parages, nous nous voyons régulièrement, dînons avec nos acolytes des débuts, échangeons sur nos projets. Lors d'un dîner chez Philippe à Carrières-sur-Seine, Claude Chabrol nous annonce qu'il a l'intention de réaliser *Le Tigre se parfume à la dynamite* avec Roger Hanin. Quelqu'un dit : « Mais, attends, Hanin est quand même un très mauvais acteur. » « Justement, il faut que ça se sache ! » Avec Philippe, nous suivons nos propres routes mais sommes en compagnonnage. Je tourne moins que lui mais chacun de mes films laisse une petite trace dans les siens, il y a un peu de *La Vie de château* dans *Le Diable par la queue*, et dans *Le Roi de cœur*, avec la prise du blockhaus ! Sans parler de *L'Africain* à venir, le duo Deneuve/Noiret de *La Vie de château* dans une décalcomanie du *Sauvage*. Philippe me demandera même l'autorisation d'utiliser une photo du couple tirée de mon film. L'exaspération me pousse à refuser malgré l'insistance de Claude Berri, le producteur. « Désolé Claude, ce n'est pas qu'une image, ça va bien au-delà ! » Philippe traverse de bonnes années mais mes succès le titillent. Il y aura plus extravagant : alors que la production de *Cyrano* sera bien avancée, il mettra en chantier un Cyrano concurrent avec Bernard Giraudeau. « On sera prêt avant eux », affirmera-t-il. Par bonheur pour nous, le projet se dégonflera en quelques semaines.

L'Africain avec Deneuve après *Le Sauvage*, je trouve ça limite, sa tentative de me coiffer au poteau avec *Cyrano* finira par nous fâcher. Ce côté enfant gâté, sans filtre, fait partie de sa personnalité, il faut accepter et l'aimer tel quel. Son charme naturel, ses élans d'affection finissent toujours par briser nos périodes de froidure. Après la sortie des *Mariés*, quand il rompt définitivement avec Boulanger, il m'appelle au secours pour un scénario écrit avec Francis Veber, pour Belmondo. Un petit écrivain de romans policiers de gare s'imagine être le héros des histoires qu'il invente. D'emblée, Philippe et Francis s'entendent très mal. Philippe ne supporte pas son coscénariste. Alexandre Mnouchkine m'explique qu'ils ont signé le film avec Belmondo mais que tout stagne car ils ne veulent plus se voir ni se parler. Il me demande d'enquêter pour comprendre ce qui se passe. Je m'exécute. Je rencontre Veber et le trouve très sympathique – il deviendra un ami, alors que Philippe me le décrit comme un personnage imbuvable. Veber écrit avec une extrême minutie. Il est pire que moi. Non seulement, un scénario doit être à la virgule près, mais aussi au mot et à l'intonation près. Philippe, lui, considère que le film doit être tout le temps en mouvement. Il a un peu raison, le mouvement, je connais. Veber se plaint qu'il démantibule toute la construction en faisant sans cesse courir le personnage. Au sortir de cette conférence de Yalta, je déclare à Mnouchkine qu'ils ne s'entendront jamais. Il me propose alors de faire l'adaptation avec Philippe, il faut élaguer, il y a trop de dialogues. « Mais attention, ça ne pourra être qu'anonyme parce qu'on ne peut pas rompre le contrat de Veber, il ne supporterait pas qu'un autre écrivain intervienne. » Un arrangement est convenu, je suis engagé et payé comme scénariste, mais mon nom n'apparaîtra pas au générique, ni celui de Veber qui refusera de signer. On reprend la très bonne idée de Francis du petit écrivain crasseux dans un appartement minable avec une femme de ménage avec qui il ne s'entend pas. Et, en parallèle, le personnage sur les plages de Mexico envoyé par les gars de la DST. Une de leurs agentes doit l'attendre à l'aéroport. Il la reconnaîtra facilement parce qu'elle portera un pain de campagne sous le bras. Veber trouve ça complètement idiot. Finalement, dans ce film qui s'appellera *Le Magnifique* et sera un immense succès, Belmondo arrive en costume blanc à l'aéroport. Jacqueline Bisset l'accueille avec un grand chapeau et des lunettes de soleil. Très star, elle avance vers lui et dit : « Je n'ai pas trouvé de pain de campagne. » Ça nous fait beaucoup rire Philippe et moi. Ce sera comme ça tout au long de l'écriture, on gardera plein de trucs de Veber, qui appelle régulièrement pour me demander ce qu'on change ou ce qu'on garde.

Il n'aimera pas le résultat. Veber et de Broca ne se reverront jamais.

Puis viendront mes collaborations sur *Tendre Poulet*, *Le Cavaleur*, *On a volé la cuisse de Jupiter* pour lesquels Philippe fait de nouveau appel à moi. La construction ne l'intéresse pas, il considère que c'est du temps perdu, ce qu'il aime, c'est les dialogues. Nos séances de travail ressemblent à des retraites. Nous allons chez lui, à la campagne, à Vert en Île-de-France, il y a un grand jardin, un poulailler dans la cour. Des moments de rire et de partage. Nous sommes comme Bouvard et Pécuchet, les personnages de Gustave Flaubert, deux vieux garçons, soldats de la comédie, qui, entre les tâches d'écriture, font les courses et préparent le repas dans la cuisine en peaufinant le dialogue d'une scène d'amour. Il me demande : « Dis-moi, ce soir, tu préfères des coquillettes ou une omelette aux lardons ? » Quand surgit une idée de rebondissement insolite, un détail cocasse, on se tord de rire. Ainsi, dans *Le Magnifique*, avec le pain de campagne en signe de reconnaissance. Cependant, j'interviens toujours sur ses films en coscénariste occulte, sans être crédité au générique. Le parallélisme devient gênant pour lui et pour moi. C'est souvent Michel Audiard qui signera le scénario. De la même façon que Claude Sautet, très bon script-doctor, est vrillé de doutes sur ses propres scénarios et a cependant une vision claire, synthétique, sur les scénarios des autres, je me lâche sûrement davantage avec Philippe. J'ose des idées que j'aurais peut-être autocensurées pour mes propres films.

La sanction est le rire. Si Philippe se marre à l'une de mes suggestions, c'est gagné. Mais à lui de décider ce qu'il conserve dans le film, il est son propre patron.

Pendant des décennies, il sera mon frère, mon double, mon contraire. Nous avons un attachement fort et complexe, vissé par un lien d'abord générationnel – nous sommes nés à un an d'écart, des souvenirs presque identiques nous rapprochent, nous avons vécu des émotions symétriques au même âge sans nous connaître. Nous sommes soudés par le territoire de la jeunesse. Malgré nos orages. Notre rapport tient du passionnel, entre fraternité et discorde. Je resterai longtemps auxerrois dans l'âme, lui, très parisien, fier de sa particule. Il ira de femme en femme alors que Claudie et moi ne nous séparerons pas. Son rythme de création frisera parfois la frénésie, le mien plus réfléchi flirtera avec la lenteur. Entre deux de mes films, il en enquillera cinq ou six. Pendant des années, le de Broca annuel fera partie des joies du cinéma français. Mon conseil restera le même : « Je t'en supplie, ne filme pas en cavalant, applique-toi. » Il répliquera toujours en rigolant : « Évidemment, avec toi, on y serait encore dans six mois. » Au final, nos films ont en commun le mouvement, la rapidité et le sens de l'ellipse.

À chaque nouveau projet, il me demandera si je vais enfin accepter d'apparaître officiellement comme coauteur. Je lui répondrai invariablement : « Peut-être, à condition que, cette fois, tu t'appliques. » Finalement je resterai dans mon coin. Je le regretterai pour

Le Cavaleur, son dernier grand film très personnel. Son regard sur lui-même s'incarne dans une séquence bouleversante où Jean Rochefort s'examine dans un miroir. Une prise de conscience du temps qui rétrécit, un gars léger travaillé par la gravité.

15.

Les années qui suivent *Le Sauvage* se déclinent en jours, semaines, mois de tricotage ! Entre tournages de publicités, voyages, lectures, ébauches de scénarios.

En 1978, je fais la connaissance de Maïmé Arnodin et de Denise Fayolle qui possèdent une agence de publicité et détiennent notamment le budget d'Yves Saint Laurent. Nous nous entendons très bien. Je réaliserai plusieurs spots publicitaires pour elles. Elles disent souvent : « Il faut que tout soit beau. » Je garde ça en tête. Les films publicitaires se suivent, pour L'Oréal, Vie Active, Cache-cache, etc. Je tourne avec des décorateurs réputés comme Dante Ferretti, Jacques Rouxel, entre autres, et Jean-Pierre Fouillet. Avec lui, je commence à participer à la conception du décor, à préparer la mise en scène sur plans et croquis. Je me mêle de la lumière aussi et tout cela soulève des questions nouvelles. Yves Saint Laurent m'engage pour réaliser la campagne de son parfum *Rive gauche*. Je travaille avec un chef opérateur très doué, Jean-Pierre Sauvaire, dans un décor extraordinaire de Jean-Pierre Fouillet. Une magnifique mannequin porte une robe rose fuchsia créée spécialement par Saint Laurent. La robe est comme une auréole corail qui ondule dans une grande pièce plongeant sur la Seine. Un éclairage bleu nuit embrasse la ville. L'image est très belle, la musique parfaite. Grande réussite. Fier, je m'enquiers d'Yves Saint Laurent. A-t-il vu le film ? « Oui », me répond-on sans plus de commentaire. Il y a de la gêne dans l'air. Et pour cause ! Malgré les douze assistants présents sur le plateau, un plan dévoile la fermeture Éclair de la robe. Sacrilège ! Si j'avais été prévenu, je l'aurais fait passer de l'autre côté. J'apprends le sens du détail. Et l'humilité.

Je loue un bureau rue Boissonade. Je m'y rends tous les jours, écris dans mes carnets. « Le projet Perec ne mène à rien, je viens de relire les notes de travail sur *Le Prince Michel*, quelle impression ? Rien de vraiment branchant, des détails oubliés, des interrogations depuis longtemps dépassées, des perplexités dont je n'arrive plus à me rappeler les raisons. Je n'ai guère envie de travailler à trouver des solutions à tous ces problèmes, ni de réécrire page par page le texte dactylographié de Georges. Et pourtant il n'y a pas de doute, il y a matière à un film selon mon cœur. Ce que je retiens, ce qui me branche : c'est le poids de l'histoire. L'irruption d'une réalité historique oubliée, presque légendaire, dans la vie d'un Français d'aujourd'hui. C'est bon et riche mais je dois repenser seul le sujet et dire ce que je souhaite. Ça piétine. »

Longues discussions avec Babou mais aussi Philippe Collin, et encore Maurice Clavel. Je n'arrête pas de me demander ce qu'on pourrait exprimer. Clavel me fait cette réponse formidable : « Il n'est pas question d'exprimer, trouvons l'histoire, et ensuite on verra ce que ça exprime. » Je revois Georges Perec, Jean-Loup Dabadie, et rencontre Romain Gary. J'écris mes impressions sur les livres lus, les films et pièces vus. Notamment un film de Clarence Brown avec Greta Garbo qui se passe juste avant 1930, je trouve les costumes sensationnels. Je continue à penser qu'une image déclenche mon désir. Notes sur le roman *Irène et Lewis* de Paul Morand. *Le Prince Michel* avec Georges devient *La Couronne de fer*.

Yves Montand est très demandeur après la sortie du *Sauvage*, il m'invite à déjeuner chez Lasserre, me dit qu'il est prêt à retravailler avec moi. Pendant quatre ans, il m'invitera régulièrement au restaurant, et m'interrogera sur mes projets. Je continue à aller beaucoup au théâtre, au cinéma bien sûr. Je prends des notes. Je travaille sur un projet politique, l'histoire d'un type un peu coincé qui sort de l'ENA, fait ses débuts dans une préfecture, et est entraîné par une femme dans une aventure qui le dépasse. J'imagine un acteur un peu guindé dans le genre de Francis Huster, « celui qu'on suit est un homme jeune aux idées en place, à la vie organisée, ordonnée par des occupations définies. Un homme à qui jusque-là tout semble sourire et qui va se trouver propulsé dans une aventure folle, qui le bouleversera, le changera. Un homme donc, mais aussi une femme, celle qu'il rencontrera peu après le début du film ». J'en parle avec Babou, avec Maurice Clavel, Italo Calvino. Je travaille aussi longuement avec l'écrivaine Monique Lange, une grande amie de Sautet.

Dans mes carnets apparaît aussi de plus en plus souvent le thème de la maison d'Aubusson, symbole de celle de mon enfance, et l'esquisse du film à venir, *Tout feu tout flamme*, avec une construction, un terrain, un fils qui revient pour escroquer sa mère. Toujours Francis Huster qui se retrouve balancé dans des aventures extraordinaires à propos d'une femme menacée. Il comprend qu'en fait il est le jouet d'une agence de l'inattendu louant ses services à des gens déprimés. On travaille longtemps là-dessus avec Babou, on pense à un voyageur qui arrive une nuit dans une ville de province. Je revois Claude Sautet. Je pense à Léon Tolstoï qui, en vieillissant, ne s'entendait plus avec sa femme devenue odieuse. Il cherchait à s'enfuir de chez lui, la maison le stressait. Il finit par se rendre à la gare où il meurt. Je lis et relis *Le Roi Lear*. Toujours cette idée du vieil homme.

Je note : « Conversation avec Alain Cavalier, hier soir, 14 septembre 79. Il revient à son éternelle question : quand vais-je parler d'Auxerre, de la rue Marcellin Berthelot, de ma famille ? Je dois grimper sur mon arbre généalogique et y chanter mes peurs. Mes allusions à ma recherche du pitch idéal le font sourire. Mon souvenir ébloui des prémices de *La Vie de château* qu'on a réglées en une heure lui paraissent comme une légende sclérosante à laquelle je m'attache comme un ancien combattant qui ramènerait tout à Verdun. Cette recherche du schéma est, selon lui, un moyen de me bloquer et de m'empêcher d'avancer. Il parle de la charrue avant les bœufs et dit que les bœufs sont les sentiments. Il pense que je peux faire un film sans pitch. » Là évidemment, je ne peux pas lui donner raison, en revanche il est vrai que je dois partir du plus profond du cœur pour trouver ensuite la périphérie. Le cœur, pour moi, ce sont les personnages. Si je ne les vois pas, si je ne les sens pas, comment inventer ? Alain plaide pour un film s'organisant autour du personnage de mon père. Cela recoupe ma recherche autour du *Roi Lear*.

Ce qui déclenchera vraiment la suite sera un coup de téléphone d'Isabelle Adjani le lendemain de la diffusion à la télévision du *Sauvage*. « On ne se connaît pas, me dit-elle, mais j'ai vu votre film hier soir, et je voulais vous dire que c'est exactement ce que je veux faire maintenant. Vous comprenez, j'ai une image sombre, tourmentée, depuis *Possession*, c'est pire que tout. » Nous nous rencontrons, elle rit, me plaît énormément. Je lui confie que, pour le moment, je pense à autre chose. Elle insiste, me rappelle quelque temps plus tard, me demande si j'ai réfléchi. Je suggère de nous revoir le mois suivant. « Très bien, dit-elle, mais quand ? » « Je ne sais pas. » Je cherche à gagner du temps. « Vers le milieu du mois ? » « Le 15 alors ? À quelle heure ? » Rendez-vous est pris chez Angelina, rue de Rivoli. Je traverse les Tuileries le jour J en n'ayant aucune idée de ce que je vais lui raconter. Je réfléchis en pressant le pas : au fond, ce pourrait être l'histoire d'une fille qui sort de l'ENA. Et elle aurait un père qui serait Montand. Puisqu'il est là et me sollicite. Je marche vers ce rendez-vous sans savoir encore que je marche vers mon film.

Plus tard, j'écris : « Qu'y a-t-il à prendre ? Un père et ses filles ? Montand et ses filles ? La plus jeune refuse l'hypocrisie de ses sœurs qui disent qu'elle n'aime que leur père. » Nombreux déjeuners avec Yves Montand, également avec Alain Cavalier. Je songe : « Mon père a eu quatre filles et dans *Le Roi Lear*, il y a trois filles. Un roi vieillissant. » Mais coexistent encore deux projets différents : un film politique avec Francis Huster et, parallèlement, Montand et Adjani. Pour le projet politique, dans une Europe recomposée, je vois Patrick Dewaere avec ses moustaches blondes qui incarnerait le joli cœur, un monsieur Ripois de la SDN, resté un électron libre. Je me souviens de son apparition dans *Les Mariés* et je penserai longtemps qu'il aurait été extraordinaire dans *Le Hussard sur le toit* ou un autre de mes films. On retrouve chez lui la luminosité de Gérard Philipe. Sa mort sera une perte terrible.

Mes carnets s'accumulent : « Ce pourrait être l'anniversaire du vieux, là, je place Montand rassemblant autour de lui ses enfants démunis. Il arrive de l'autre bout du monde. Lien avec le roi Lear. Ou un vieux père qui cherche refuge auprès de sa fille qu'il n'a pas vue depuis longtemps. La fille est une voleuse, une trafiquante de meubles. Stupeur du vieux quand il le découvre. Il se laisse embarquer dans les aventures de la petite et finira par y prendre du plaisir. » Le film racontera le contraire, le voyou sera le père. Dans *Tout feu tout flamme*, le personnage d'Isabelle Adjani, major de Polytechnique, défilant sur les Champs-Élysées le 14 juillet à la tête de sa promotion, naîtra du projet Huster. Ce sera le générique du film. Je poursuis : « Le père, vieux charmeur, irresponsable, réapparaît et s'accroche à sa fille comme un naufragé sur sa bouée. Ce sont les aventures dans lesquelles l'entraîne ce père qui finiront par faire d'elle un chef de bande. On en vient au découpage : Pauline, la sérieuse, Norbert, son père – premier prénom du personnage –, baladin du monde occidental, ayant traîné ses guêtres dans tous les pays. Il a compté toute sa vie sur son charme pour passer à travers les soucis d'argent, les promesses non tenues, les projets avortés, les femmes quittées, les enfants abandonnés à leur sort. On retrouve chez lui un peu de mon oncle Albert, grand personnage de mon enfance. Pour le charme et l'aura. Adjani s'occupe de ses jeunes sœurs, et voilà qu'il revient. Ce n'est plus le père découvrant une fille mauvaise, mais Pauline, jeune femme, sérieuse, planifiée, intellectuelle, énarque, qui redécouvre son père. Ce dernier ment sur ses activités en Amérique. L'effarement de Pauline quand elle comprend sa mythomanie. Le père est recherché et menacé par une bande rivale. C'est un escroc déterminé à réussir un dernier coup. La SDN se transforme en Conseil de l'Europe. » Je tourne en rond, mais amoncèle des strates, ensuite, je pioche dans ces strates.

Montand me fait la cour, ainsi que la plus jolie fille de l'époque, il faudrait être fou pour ne pas donner suite. Ce sont eux, les acteurs, Yves Montand et Isabelle Adjani, qui, brusquement, solidifient la gelée et font naître l'histoire. J'imagine la scène, à Bruxelles, dans laquelle la jeune Pauline dénoue des tensions entre la France et l'Angleterre. Au même moment, on la demande au téléphone. Je la raconte à Adjani : « Ce serait formidable de la voir en gros plan avec toute l'Assemblée derrière, on l'entendrait répéter : "Allô ? Allô Mamie ?" » Adjani éclate de rire. Je crois que c'est cet « allô Mamie ? » qui la convainc. Quand je rapporte à Montand qu'elle est intéressée, il embarque.

16.

J'écris le scénario avec Joyce Buñuel, une amie de Babou avec qui j'ai beaucoup de discussions autour du film. Puis Babou s'en mêle, le scénario sera signé par nous trois. Pour aboutir à la tension entre la fille, inspirée de la Cordélia du *Roi Lear*, et son père, le Victor de *Tout feu tout flamme*, on pense à une malversation. Nous vient l'idée de la mafia. Puis d'un casino. Je puise à nouveau dans le panier d'images de mon enfance, il m'apparaît comme une évidence que ce casino doit être au bord du lac Léman, en face du pays de mon grand-père. Chaque année, ce dernier nous emmenait en Suisse allemande pour voir des cousins. Après la déclaration de la guerre, il n'en a plus été question, et Albert le premier en a été très peiné. En 1942, nous avons séjourné avec lui, mes parents et quelques oncles dans un hôtel de Mézery, petit village près de Thonon, simplement pour être en face de la Suisse. Nous étions en guerre, et là-bas, c'était la paix. De l'autre côté du lac, s'étendait un territoire inaccessible et rêvé. La frontière passait au milieu, des patrouilles italiennes en bateau à moteur allaient et venaient le long de la rive, côté suisse, de grands bateaux blancs faisaient des allers et retours. La nostalgie de mon grand-père pour ce paradis perdu nourrissait l'enfant de huit ans que j'étais et ça se retrouve dans le film. Les mafieux arrivent de Suisse et les surveillent du lac. Comme il n'y a pas de casino au bord du lac Léman, nous pensons à un casino sur la rive française dans lequel les Suisses viendraient jouer. C'est d'ailleurs un des arguments de Montand dans le film. Mais où le trouver ? Encore une fois, je me mets en quête d'une maison. Sur les conseils d'une amie, je me rends dans la région de Fécamp visiter un château à l'abandon. Ce n'est pas là que je tournerai mais la visite amènera l'idée d'un casino abandonné. Accompagné de mes assistants, je sillonne la région, sans succès. Le tournage approche et il nous manque le décor principal. Jusqu'au jour où la régisseuse débarque un soir dans le bureau de production avec des photos d'une villa abandonnée au milieu d'une jungle près de Saint-Cloud. Une façade un peu géorgienne, comme dans le sud des États-Unis, une rotonde avec des colonnades palladiennes entourée par de la vigne vierge. Et, cerises sur le gâteau, un escalier, des appartements dans les derniers étages. L'ensemble est presque en ruine, la décrépitude comme dans *La Vie de château* fait partie du charme. Je sollicite le décorateur Richard Peduzzi dont le travail dans *La Chair de l'orchidée* de Patrice Chéreau m'a beaucoup impressionné. Il n'est pas libre. Au même moment, je réalise une pub avec Clio Goldsmith et Hilton McConnico aux décors. Il entre dans l'aventure. La mairie rachètera la vieille maison qui tient lieu de casino dans le film et la rénovera entièrement. Méconnaissable, elle deviendra le Musée municipal des Yvelines. Dans l'entrée seront exposées des photos du film.

Nous terminons d'écrire le 31 décembre et fêtons ça au restaurant. Le 2, je vais dîner à Auteuil chez Signoret et Montand avec Jorge Semprún. J'apporte le scénario. Le dîner est joyeux, les blagues fusent, mais je sens Yves sur les nerfs, il est impatient de lire. Je le soupçonne d'avoir commencé la lecture, il s'absente beaucoup de la salle à manger. Dès la première heure, le lendemain matin, il m'appelle et m'annonce qu'il a beaucoup de choses à dire. Comme toujours ! Mais il s'engage, ainsi qu'Isabelle Adjani. Tous deux veulent tourner avant la fin de l'année. Gérard Lebovici, mon agent, souhaite devenir producteur et distributeur et crée la société AAA (Acteurs Auteurs Associés). Il trouve le scénario très bon mais ne peut lâcher complètement Artmedia. Aussi, il me présente Philippe Dussart qui devient le producteur exécutif. Le film se prépare dans ses bureaux à Neuilly.

Première étape : transformation de la maison de Saint-Cloud en casino délabré. Il faudra ensuite la reconstruire pour la soirée de la fin du film – on enlèvera la vigne vierge et on recouvrira la façade, la rotonde et les colonnades de myriades de petites lampes. L'arrivée des invités au bord du lac de Genève traversant la pelouse pour aller vers la maison illuminée semblera sortie d'un conte de fées. On utilisera le parc de Saint-Cloud quand les gens sont supposés quitter le casino vers une rive imaginaire. L'appartement où vivent Pauline, le personnage d'Adjani, ses sœurs et leur grand-mère sera construit là-bas également. Un décor constitué de vrais murs avec portes et fenêtres, et escalier. On tourne quelques scènes dans un hôtel à Annecy. Ainsi, le lac que l'on aperçoit parfois des fenêtres du casino est celui d'Annecy. Et puis il y a la Suisse. Philippe Dussart trouve que c'est un pays très cher, Lebovici lui conseille de me laisser faire : « Pour Jean-Paul, si le décor ne fait pas rêver, le rêve n'est pas dans le film. »

Pendant le tournage, nous ne logeons pas en Suisse, mais à Divonne-les-Bains, de l'autre côté de la frontière. Chaque matin, nous prenons la route pour nous rendre quelques kilomètres plus loin, en Suisse. Je veux un pays de cartes postales, de bandes dessinées, d'emballages de tablettes de chocolat ! Avec l'herbe verte, les montagnes neigeuses. Ça m'amuse beaucoup que les méchants se retrouvent dans un chalet semblable à une maison de poupée avec de jolis petits rideaux vichy, rouge et blanc. McConnico s'investit totalement, à tel point qu'il accroche des pommes rouge vif, comme dans *Blanche-Neige*, dans l'arbre devant le chalet – il a, en fait, acheté des pommes en plastique et les a peintes au pistolet. Isabelle Adjani a tellement aimé la manière dont Pierre Lhomme a photographié Deneuve dans *Le Sauvage* qu'elle le réclame. Nous collaborons donc à nouveau. Je propose à Jean-Loup Dabadie de travailler sur les dialogues comme il l'a magnifiquement fait pour *Le Sauvage*. Lorsque je viens le trouver, tout est pratiquement écrit. Il le prend mal et me dit non. Il aurait voulu être impliqué plus tôt. Je fais ensuite lire à Daniel Boulanger qui décline, arguant que la relation fille-père n'est pas crédible. J'appelle alors Jean-Claude Carrière et prends des gants. Je lui dis que j'ai besoin de son avis sur un scénario pratiquement abouti, et qu'éventuellement il apporte des modifications. Il accepte tout de suite. Je le fais engager par Lebovici comme consultant. Plus tard, il fera la même chose pour *Bon voyage* pour lequel il sera aussi rémunéré, puis il fera *Belles familles*, par amitié. Nous travaillons du 1er au 4 juin alors que le tournage débute le 22. Un même rituel pendant quatre matinées. Il s'installe à mon bureau, m'informe qu'il doit être parti à midi. Je m'assois en face de lui, il retire sa montre, la met de côté, enlève le capuchon de son stylo et se met à lire, découvrant l'histoire au fur et à mesure. En lisant, il barre, remplace un mot – sans changer le sens de ce qui est dit – puis me le soumet. Quatre matinées ! Jusqu'à midi, montre en main, pour moi ! Ses interventions sont extraordinairement efficaces. Parfois certaines choses me semblent avoir été beaucoup vues, il me répond : « Il vaut mieux partir du cliché que d'y arriver. » Il a raison, les premières idées sont toujours des clichés !

Dominique Besnehard s'occupe du reste du casting. Il a un œil d'acier. Nous commençons par le personnage de l'associé qui existe peu dans le scénario. Dominique a un cahier dans lequel il a répertorié tous les acteurs français de théâtre et de cinéma, par ordre alphabétique, et à la main. Il m'énonce les différents acteurs. En arrivant dans les B, il cite Jean-Luc Bideau. Je dis : « Stop, c'est exactement ça. Un grand escogriffe, faisant de grands gestes, gueulant, surjouant un peu ! » Je ne suis pas contre le surjeu, je garde le souvenir de Pierre Brasseur gesticulant dans *La Vie de château*. Pour lui, Jean-Claude Carrière et moi étofferons le rôle de l'associé. Ensuite, nous cherchons le petit ami de Pauline. Je remarque Alain Souchon que je trouve extrêmement juste dans le film *Je vous aime* de Claude Berri. J'ai, de plus, une grande admiration pour le chanteur. Nous habitons le même quartier. Nous nous donnons rendez-vous dans le bistrot du coin. Il arrive et me lance d'emblée, avec humour, qu'Antoine, c'est lui ! Pour la grand-mère et les deux sœurs de Pauline, présences essentielles, Dominique Besnehard trouve Madeleine Cheminat, et les jeunes Amélie Gonin et Jeanne Lallemand par qui je suis immédiatement conquis. Nous avons besoin d'être totalement convaincus, de voir si la famille fonctionne. Nous faisons donc des essais avec Adjani. Ce que j'ai inventé s'incarne parfaitement sous mes yeux, je suis déjà dans le film ! Devant cette vieille dame avec ces trois jeunes filles, je retrouve un peu de mon histoire et j'en ai les larmes aux yeux. Ce qui touche beaucoup Dominique. Il nous faut ensuite un acteur qui incarne le ministre de droite dont Pauline est l'assistante dans le film. « Mitterrand vient d'être élu, ce serait bien que le ministre soit de gauche », me suggère

Besnehard. Il a raison, je choisis alors Jean-Pierre Miquel qui, d'après Dominique, a « une tête de socialiste ». Le personnage de Montand, le Victor du film, revient en France accompagné d'une belle Américaine qui, pendant très longtemps, s'appelle Angie dans le scénario – parce que je rêve d'Angie Dickinson dans *L'Homme en colère*. Nous pensons que Lauren Hutton, que nous venons de voir dans *American Gigolo* avec Richard Gere, serait parfaite. Il se trouve qu'elle est à Paris pour la sortie du film. On se rencontre chez moi avec Yves Montand. Elle est émue – pour les Américains, Yves Montand est une légende, sans doute à cause de Marilyn. Lui n'est pas mécontent. En revanche, Isabelle Adjani, qui la rencontre chez Dior – Marc Bohan crée les robes des filles, notamment celles de la fête à la fin –, n'est pas enthousiaste. Elle m'appelle le lendemain : « Je vous remercie, j'avais l'air d'une paysanne en sabots là-bas ! » Il est vrai que Lauren Hutton est une mannequin incontournable. Nous nous entendrons très bien sur le tournage mais ne nous quitterons pas en bons termes. Le dernier jour, elle a une attitude étrange. Elle ne parle plus à personne, reste plongée dans son bouquin entre ses scènes, et finalement, s'en va sans un mot, sans dire au revoir. Même pas à moi. Nous apprendrons que l'hôtel le Royal Monceau lui a présenté une note colossale dépassant les défraiements auxquels elle avait droit. Elle passait trop de coups de fil aux États-Unis. La production en a eu marre et Dussart a décidé que ce n'était pas à eux de payer. Je n'aurai plus jamais de ses nouvelles.

Pour la musique, je me demande si je fais à nouveau appel à Michel Legrand. Il est vraiment très bon mais j'ai un mauvais souvenir du dernier jour d'enregistrement sur *Le Sauvage*. Je le sentais peu concentré, un peu ailleurs. Je n'étais pas très content du résultat. Je n'avais pas dormi la nuit suivante et m'étais dit qu'il fallait refaire la séance. Aux aurores, j'avais sauté dans ma voiture et m'étais précipité au studio pour parler à Legrand, je ne l'avais pas trouvé, il travaillait sur un autre film et j'avais alors compris qu'il partageait son temps entre ce film et le mien depuis le début. Nous n'avons jamais réenregistré ce qui ne m'avait pas plu. J'en suis là quand Bertrand de Labbey – qui est aussi l'agent de beaucoup d'auteurs compositeurs – me dit : « Vous n'allez pas encore reprendre Michel Legrand ? » « Je ne sais pas, qui d'autre sinon ? » Et il me parle très à propos de Michel Berger, qui composera pour *Tout feu tout flamme* un fort joli thème.

Dès le premier montage, j'adore le film mais j'ai un regret : d'avoir laissé Yves Montand en roue libre ! Pierre Lhomme me reproche de ne pas lui dire lorsque son jeu ne me plaît pas. Par exemple, quand son personnage arrive dans l'appartement au début du film. Il aperçoit sa fille et s'exclame : « Oh qui je vois là ! » C'est exactement une réplique de *César et Rosalie*, dite de la même façon. Cela agacera beaucoup Claude Sautet. Et puis, quand il court en robe de chambre dans le parc après Adjani. Je suis assez loin, mais Pierre Lhomme me répète : « Ce n'est pas possible, arrête-le, il fait le clown ! » Ou encore, la scène avec les Chinois, Montand se met à faire un numéro, improvise une histoire, ce qui est improbable pour un gars aux prises avec la mafia. En fait, je n'ai pas envie de recommencer à me bagarrer avec lui, je crains les discussions sans fin pour négocier les répliques. Je veux juste qu'il soit content. Et effectivement, je lâche prise. Montand se sert de son charme pour qu'on pardonne le côté antipathique du personnage du père. Pour lui, le charme passe par une gestuelle qu'il trouve amusante mais que je supporte mal, il en fait des tonnes !

Isabelle Adjani est absolument flamboyante. Je me déchaîne pour la faire rire. Un soir, en regardant les rushes, lors d'une scène où je la trouve particulièrement drôle, merveilleuse, belle – je suis pratiquement amoureux d'elle, comme de toutes mes actrices –, je murmure une exclamation admirative dans l'obscurité. Montand se lève d'un bond et quitte la salle. Nous restons fâchés plusieurs jours. « Ça recommence, s'exclame-t-il, comme avec Deneuve, il n'y en a que pour elle, et moi, je suis là comme un con ! » Il est de nouveau persuadé qu'il « sert la soupe » ! Un soir, quelques jours avant la sortie, je suis à la télévision. Maladroitement, je parle d'elle avec enthousiasme et je ne mentionne pas Yves. Il me fait savoir qu'il ne viendra pas à la première. Finalement, il est présent mais fait la gueule. Pendant le dîner qui suit, il revient sur une de ses idées que je n'ai pas retenue lors de la scène entre le père et la fille dans la montagne. « Ce qui aurait été beau, disait-il, c'est qu'il y ait quelque chose d'un peu plus sensuel entre eux, le matin il pourrait la laver avec du lait. » On imagine la scène : le père allant traire les vaches, pour finalement verser le lait sur sa fille !

Le film est très bien accueilli. Et finalement, je crois qu'Adjani et Montand sont ravis.

17.

Les conversations avec Joyce Buñuel reprennent après *Tout feu tout flamme.* Je retombe sur des notes prises avant et après le tournage du film : « Vu hier soir *Le Retour de Martin Guerre.* Cela me remet en mémoire l'idée ancienne d'un périple à travers la France d'un groupe d'hommes et de femmes… Renaissance, guerres de religion, fronde dans une période troublée où tout est une menace. Par exemple, un groupe de protestants cherche à rejoindre une ville lointaine où sont rassemblés les leurs. Ou bien la France de la guerre de Cent Ans, sillonnée de troupes de bandes diverses. Ce qui me plaît, c'est l'épopée intimiste. Pas de vaste reconstitution de batailles, mais plutôt une France des taillis, des buissons où la mort rôde, les paysages de la nature comptent énormément. Le passage à gué d'un fleuve (la Loire, le Rhône ?) la nuit, non loin d'un camp ennemi dont on voit briller les feux pourrait être l'un des climax du film. » Je ferai plus tard *Le Hussard sur le toit.*

Je continue de parcourir mes carnets : « Plus qu'une troupe d'hommes de guerre, c'est un groupe de civils qui s'organise face au danger. Ils ne sont pas faits pour cela. Rôle des femmes important. Pourquoi pas justement une femme contrainte de fuir l'endroit où elle vit ? Ou l'exode. L'histoire d'une femme qui assure dans la débandade générale, qui émerge avec les responsabilités. Revoir *La Forteresse cachée* de Kurosawa, *La Source* de Bergman, *La Prisonnière du désert* de Ford, *African Queen* de Huston. J'imagine très bien le film, un western français, je vois la construction scénaristique, l'action, l'atmosphère, les lieux, les déplacements, les objectifs. »

Je cherche d'autres idées. D'autres notes : « Je suis rongé par le doute, je pense à l'histoire d'une famille divisée, les Atrides dans le Limousin. Un frère revient après des années d'absence. Il tombe sur une situation de succession bloquée. » Ce sont les prémices de *Belles familles*. Joyce s'éloigne peu à peu. Je suis livré à moi-même et je nourris un vivier de visions, de réflexions d'où beaucoup de surprises peuvent surgir. Je relis, j'écris, seul, pendant des années. Je m'oblige à aller chaque matin rue Boissonade. Je m'assois à mon bureau. Je me répète : tout commence par le crayon et le papier. Je cherche aussi dans les bibliothèques. Suite des réflexions sur l'exode : « Histoire d'une mère et de ses enfants, histoire d'un fils et de sa mère. Quel beau thème ! Parabole personnelle où tous n'y verront que du feu, mais où je serai au centre de tout. »

C'est alors que Jean-Louis Livi me téléphone : « Serais-tu intéressé pour faire un film de *Cyrano de*

Bergerac ? Gaumont m'a approché, les droits sont tombés dans le domaine public. » Jérôme Savary vient de remonter la pièce au théâtre Mogador. Elle se joue à guichets fermés avec Jacques Weber. Alain Poiré dit que c'est le moment d'en faire un film. Je repense à la version télévisée de Claude Barma dans les années 1960 avec Daniel Sorano, un triomphe légendaire dans toute la France. Poiré songe à Belmondo pour le cinéma. Il aurait dit à Livi : « Qui alors pour le réaliser ? Il y en a bien un, c'est Rappeneau, il est emmerdant mais bon, demandons-lui. » Il m'appelle le lendemain. « Il faudrait que tu me répondes ce matin avant le déjeuner. » « Comment, avant le déjeuner ? » « Tu es intéressé ou pas ? » « Je ne sais pas. Ce serait avec qui ? » « Justement, si tu le faisais, tu le ferais avec qui ? » « Il faut vraiment que je te réponde avant midi ? » « Oui. J'attends ton appel. »

Je referme le carnet de notes du moment. Dans le temps qui m'est donné, je regarde le film américain avec José Ferrer. Je vois les mousquetaires avec la cape ornée d'une croix de Malte, le XVIIe siècle, Louis XIII, les châteaux en briques et pierres. Qui pour jouer Cyrano ? Ils s'attendent bien sûr à ce que je dise Belmondo. Mais non, ce n'est pas possible. J'aime beaucoup Jean-Paul mais je ne peux pas oublier qu'il ne veut pas avoir l'air amoureux, ni de souffrir. C'est un gagnant. Et Cyrano souffre.

Je repense à la pièce. À ce jour de mon enfance à la Comédie-Française. La première image qui me vient est celle d'un enfant derrière une vitre qui regarde défiler Paris la nuit. Truffaut dit que Gérard Depardieu est formidable quand il prend sa petite voix. Pourquoi pas lui ? Je viens de faire une pub à Rome et il y tournait un film au même moment. Je l'ai croisé dans un des salons de l'hôtel de la place d'Espagne où descendent beaucoup d'acteurs français. On a beaucoup discuté. Il a une filmographie de plus en plus extraordinaire. Il peut tout jouer, le panache mais aussi la douleur.

Je rappelle Poiré en fin de matinée. « J'ai réfléchi, si je le fais, ce sera avec Depardieu. Mais je ne pourrai vraiment te donner une réponse qu'après avoir fait une première ébauche d'adaptation, j'ai besoin de savoir ce que je peux faire. » Je vois des images, ce doit être incroyable visuellement, au moins *Amadeus* ! Poiré vient de produire *La Chèvre* qui a été un énorme succès. Il s'entend bien avec Depardieu. Il est d'accord pour que je fasse une première adaptation. Je voudrais en parler à Jean-Claude Carrière. « Pour aller plus vite, ce serait bien que je travaille avec lui. » « On ne va pas déjà engager des collaborateurs alors qu'on n'est même pas sûr que vous le ferez. » Très juste. Je vais donc me lancer seul.

Le 30 mai 1984, j'ai rendez-vous chez Poiré. Le 24 juin, je vais revoir la pièce à Mogador avec mon fils Julien. Je note ce qui ne va pas, mais aussi ce qui va. Je suis extrêmement agacé par la mise en scène. Pendant la scène du balcon, j'ai les larmes aux yeux. Weber est formidable mais pas *bankable*. Malgré cela, Gérard Lebovici est venu le voir pour lui parler d'une adaptation au cinéma. Peut-être attendent-ils que je le propose au lieu de Depardieu. Le 26 juin, je me rends en Suisse, la cinémathèque de Lausanne possède toutes les versions de *Cyrano*. Je revois Sorano, José Ferrer dans la version américaine, la version muette d'Augusto Genina. C'est celle-ci qui me plaît le plus, il n'y a pas les mots mais des images marquantes, le théâtre, la foule, les flambeaux, la pluie, les parapluies, c'est vivant et intense. En mouvement.

Le 30 juin, je retourne à Mogador avec Jean-Claude Carrière. À la fin de la représentation, les gens applaudissent comme des fous. On se lève sans rien dire. On se dirige vers la sortie, on marche avenue de l'Opéra en silence, je me dis qu'il est réfractaire à l'ampleur du projet. Finalement, il lance : « Il faut qu'on boive quelque chose pour se remettre. » Il m'invite chez lui. Dans sa cuisine, il ouvre une bouteille de bordeaux, sort du foie gras. Silence pesant. Je m'agite, me mets à expliquer ma façon de voir les choses, « je vais décrypter la pièce et décortiquer ce qui est filmable ». « Il y a du boulot », dit simplement Jean-Claude.

L'un de mes assistants sur *Tout feu tout flamme* tourne *Pirates* de Polanski. William Hobbs y règle les duels, je demande à le rencontrer, il connaît bien la pièce, serait disponible. Le même jour, je donne rendez-vous à Isabelle Adjani dans un salon de thé. Je raconte que j'ai laissé tomber le film sur la mode mais qu'on me propose de faire *Cyrano*, elle serait extraordinaire dans le personnage de Roxane. Je parle du souffle, de l'esthétique du film. Elle m'interrompt : « J'écoute tout ce que vous me dites, mais j'ai beau essayer d'imaginer un film, je ne vois pas. » Je suis blessé, elle n'a pas totalement confiance en moi. Donc pas d'Adjani.

Le 16 juillet, Dominique Besnehard affirme qu'il faut prendre une inconnue. Il me présente Ingrid Held, très belle blonde. Je doute. Le 20 juillet, je dîne avec Claude Miller et son grand copain, Luc Béraud. Je leur parle du projet, Béraud trouve que c'est une histoire de fou. « Mais que vas-tu faire avec le texte de la pièce ? Les acteurs vont entrer dans le champ et balancer leurs tirades ? » « Non, au lieu d'entrer dans le champ, de s'arrêter, puis de commencer à parler, on peut le faire en mouvement, dans les rues, en essayant d'attraper un fiacre, ou sous la pluie, comme c'est le cas au début du film télévisé, tout le temps en mouvement. Le but est de faire rentrer la vie dans quelque chose de figé. » Ils ne sont pas très convaincus.

Je pars début août à Saint-Lunaire. Ma belle-famille y a une maison que Claudie et moi rachèterons des années plus tard. Je me mets au travail et écris seul une première version du script. Je décide de ce que je garde, ce que j'enlève. Et surtout, quels seraient les mouvements. Début septembre, nous faisons des essais avec Ingrid Held. Pas de coup de foudre. Je cherche aussi toujours ce qui pourrait faire des images. À la fin du premier acte qui n'en finit pas, dans la pièce, on lit : « Le portier ouvre à deux battants, un coin du vieux Paris pittoresque, lunaire apparaît. » Puis le portier déclame : « Ah Paris fuit, nocturne et quasi nébuleux. Le clair de lune coule aux pentes des toits bleus, un cadre se prépare, exquis, pour cette scène. Là-bas, sous des vapeurs en écharpe, la Seine, comme un mystérieux et magique miroir, tremble… et vous allez voir ce que vous allez voir. » Là, il y a une image. La lune, ses reflets dans le fleuve, la ville entre les lambeaux de brouillard, les roseaux, les bateaux passant dans l'ombre. Dans le film, une partie de ce premier acte se déroulera sur les quais de la Seine. Surgit le souvenir de mon voyage à Paris pour aller voir la pièce et s'impose le visage d'un petit garçon. On l'apercevrait au loin avec son père. L'histoire pourrait se raconter du point de vue de cet enfant qui va au théâtre pour la première fois et voit *Cyrano*. On le verrait plusieurs fois dans le film. Dès le début, le spectateur pourra se mettre à la place de l'enfant appelé Anatole. Le rideau se lève, la lumière monte sur lui alors qu'il découvre le spectacle. Un plan merveilleux. D'une certaine manière, la présence de cet enfant qui me représente me rassure et me libère.

Je minute toutes les versions que j'ai vues. Je ne veux pas perdre de vue le mouvement, mais il reste tellement de texte. Oserai-je y toucher ? Carrière le fera lorsqu'il arrivera plus tard sur le projet. Le 5 septembre, Depardieu me dit oui, je crois qu'il n'a pas lu le scénario. Ce n'est pas un problème, il déteste parler de ses rôles avant le tournage. Le 13, Alain Poiré me fait quelques réflexions parce que j'ai déjà ajouté des décors, « tu rajoutes des scènes qui sont des ellipses dans la pièce », me dit-il. « Oui, forcément, tout a lieu dans le théâtre au premier acte, puis dans la boulangerie au deuxième acte, on ne peut pas rester là tout le temps. »

J'apprends qu'Orson Welles voulait tourner *Cyrano de Bergerac* en Europe. C'est Alexandre Trauner, le premier décorateur sur *Les Mariés de l'an II*, qui dessinait les maquettes du décor. Je demande à les voir, c'est très beau et ouvert sur l'extérieur, on suit la vie de Cyrano dans la ville. Si Welles l'a voulu aussi, je peux m'échapper vers le large. Cyrano vivrait dans une chambre au-dessus de la pâtisserie, ce qui ne change pas son histoire. Il est aux cadets de Gascogne et dispose d'une chambre. Le déroulement des trois journées entre le théâtre et le moment où il part pour la guerre doit être logique. On doit découvrir où chacun habite, les scènes dans la caserne permettent les provocations avec les armes. Il y a des mouvements dans le cadre mais aussi des déplacements d'un décor à l'autre, d'un lieu à l'autre, d'un espace à l'autre. « Il faut que ça se déroule », me dit Alain Poiré. Je retiens le mot « roule ».

Mon scénario est prêt. Je le dicte à la secrétaire de Robert Sussfeld, le directeur de production (déjà sur *Les Mariés*), elle vient chez moi chaque matin avec sa machine à écrire, elle semble conquise. Je voudrais trouver un style visuel qui permette d'échapper à la vision des mousquetaires du cinéma français des années 1950. Chez Gaumont, on m'interroge sur le nombre de figurants. Je réponds, ambitieux : « Quatre cents ! » J'assume grâce à Danièle Thompson, la fille de Gérard Oury, qui est une grande amie de Poiré. Elle m'a dit :

« Si vous faites *Cyrano*, il faut que ce soit incroyable visuellement et que ça coûte très cher. » C'est exactement ce que je pense. Je ne dirai jamais à Poiré qu'elle m'a conforté dans mon ambition. Le 5 décembre, ce dernier m'annonce qu'il se retire, ça va coûter trop cher. Il a compris que je ne lâcherai rien. Je n'ai toujours pas signé avec lui. Début 1985, je tourne des pubs à Los Angeles, à Rome... Je vais voir Depardieu sur le tournage de *Police*, il a compris qu'il ne tournera pas *Cyrano* cette année.

Après l'abandon de Gaumont, je tente de ne pas me décourager, de rebondir. Je reprends mes notes : « Un personnage, Jérôme, un beau mariage, ou un amour, il part en voyage de noces pour aller voir la maison où il a passé son enfance. Il a du mal à la retrouver tant tout a changé. » On est dans la province d'autrefois et au début de ce qui deviendra *Belles familles*. « Une femme les accueille, mystérieuse, elle fait visiter la maison, le jardin, elle est fatiguée, a une faiblesse. » Toujours ces histoires de retour. J'écris : « Cette jeune femme dans la maison n'est pas une stricte inconnue. On comprend à la deuxième séquence qu'en fait, elle est un personnage de son passé et qu'il ne l'a pas reconnue. Peut-être était-elle enfant lorsqu'il avait vingt ans. Est-elle secrètement amoureuse de lui ? Ou bien, ils avaient le même âge, ont été amoureux. » Je poursuis les tournages dans la publicité, les déjeuners et discussions, je cherche, je note. « Premier sujet : visite à la maison natale. Jérôme y emmène sa femme, il rencontre une autre femme qui semble éprouver pour lui une profonde attirance. Le soir même, il revient la voir. C'est un homme qui l'accueille. Deuxième sujet : la sœur d'un roi de la mode, et un détective privé qui enquête sur le pillage. » J'explore encore le monde de la mode. En mars 1985, je lis *Quartier perdu* de Modiano, j'aimerais l'adapter. J'y reviens plusieurs fois, j'en parlerai même avec Modiano des années plus tard.

En avril, on me fait lire *Le Voyage en Afrique de Lara Simpson* et *Le Revenant* de René Belletto. Je note : « 1. Lectures. 2. Chic. *All About Eve* dans la mode. 3. Visite à la maison d'enfance. Rencontre d'une belle inconnue. 4. L'exode pendant les guerres de religion, Hamlet en Poitou. 5. La fugue de Jean-Charles Adler, star de la mode, sa sœur à sa recherche dans un pays lointain. 7. *L'assassin est au ciel*, une série noire. 8. *Quartier perdu* de Modiano. 9. Un producteur me propose une pièce pas mal, *Une station-service* de Gildas Bourdet. Je le rencontre. Je discute avec les producteurs. 10. Les fantasmes historiques d'une chercheuse au CNRS. Un truc entre le présent et les surgissements d'un passé historique. Donc dix pistes ! »

Mais les images de *Cyrano* me reviennent sans cesse. Je ne parviens pas à me détacher du projet avorté.

Jean-Marc Roberts me dit qu'il faut qu'une histoire me fasse frissonner. Si je repense au début de *Cyrano*, la place devant le théâtre, je vois de la fumée, le texte qui résonne, et je frissonne ! En août, toujours au sujet de la maison d'enfance à Aubusson : « Cela me semble ce qu'il y a de mieux dans tous les schémas de retour à l'enfance, l'embardée, la visite de la maison, le malaise de sa propre femme et une jeune femme inconnue. Il accompagne sa femme jusqu'à l'hôtel. Seul, il décide de retourner à la maison. Un homme lui ouvre, c'est le mari. Une soirée, un dîner, déjà les soupçons du marié, un éclat. Dans la nuit à l'hôtel, il est réveillé par un coup de téléphone de la jeune femme. Elle éclate en sanglots, le supplie de revenir. Jérôme, très alarmé, reprend sa voiture et retourne à la maison. Il découvre le cadavre du mari. La jeune femme recroquevillée sur un divan. Elle l'a tué d'un coup de revolver. » Ce sera le début de *Bon voyage* avec les répliques de Carrière ! Puis : « Raconter l'histoire d'un ou plusieurs personnages vivant au XVIe ou XVIIe siècle, puis brusquement projetés en avant, en 1986, par quelque magie. » Ce thème donnera *Les Visiteurs* des années plus tard. Je continue de travailler sur plusieurs projets, mais *Cyrano* me hante.

En mai 1987, je reçois un coup de téléphone aussi inespéré qu'inattendu ! René Cleitman dirige la société Hachette Première, filiale du groupe appartenant à Lagardère. Il vient de produire son premier film, *Tenue de soirée*, avec Gérard Depardieu, il me dit : « Gérard m'a parlé de *Cyrano*, il regrette que le projet soit tombé à l'eau. J'aimerais déjeuner avec vous et en parler. » Nous déjeunons, je demande d'emblée : « Ça vous intéresse vraiment ? Comment voyez-vous les choses ? » Cleitman m'assure vouloir un film de Rappeneau avec Depardieu sur *Cyrano de Bergerac* d'Edmond Rostand.

Il me donne carte blanche. Un miracle, me dis-je. Je suis prêt et surtout je voudrais travailler avec Jean-Claude Carrière pour résoudre les problèmes de texte. « Aucun problème », répond-il.

Je frémis à nouveau pour Cyrano, repense aux images nées pendant l'été, en Bretagne : la mort au cinquième acte, la marche sous les arbres, la lune entre les branches. Je me relis : « Grande scène entre Roxane et Cyrano, dans la boulangerie. Tout n'est pas dans la boutique. Un jardin derrière la boutique. » Ce qui sera dans le film. « Faire quelque chose sur le lever de soleil apparaissant derrière les toits, montant sur le visage de Roxane, finissant par réveiller toute la scène, les oiseaux. La foule mouvante à l'hôtel de Bourgogne, la fumée des flambeaux dans les rues, la forêt des pins à Arras. »

On commence à travailler avec Jean-Claude au mois de juin. En novembre, Philippe Dussart entre dans la danse. Le scénario commence à exister. Jean-Claude et moi écrivons un texte qui servira de préface à la publication du scénario, bien plus tard : « Première décision, garder les vers, mettre *Cyrano* en prose semblait absurde et impraticable. Imaginons un opéra sans musique. Nous aimions ces alexandrins aux rimes extravagantes, mais dans ce texte que nous aimions se glissait un bon nombre d'obscurités, de redites, d'allusions mythologiques ou précieuses, aujourd'hui strictement incompréhensibles, que nous avons entrepris d'éliminer tout en respectant la versification. »

Ces années d'attente ne m'ont pas déprimé, ce sont des années précieuses car elles ont construit ma conviction. Je ne peux pas tourner dans le doute. Et en 1984, il m'envahissait. Il me fallait franchir le pas vers la conviction. La longueur de la pièce me pesait. Jusqu'à Carrière. Lorsque nous nous mettons vraiment au travail, il dit tout de suite : « Oublions la règle des rimes masculines et féminines » – dans les alexandrins, on alterne toujours un vers se terminant par une syllabe féminine et un autre par une masculine. Nous prenons la décision d'enlever tous les flash-backs verbaux qui racontent ce que l'on a déjà vu. J'obéis à une contrainte : le dialogue doit s'adresser à quelqu'un et non aux spectateurs puisqu'il n'y en a pas. En travaillant la première adaptation pour Gaumont, je craignais de supprimer tel ou tel vers trop important. Carrière me décomplexe, « on peut mettre autre chose à la place », et c'est ce qu'on fait.

On oublie les règles, il me montre qu'on peut raccorder les vers à condition de faire rimer avec autre chose. Nous coupons dans les passages les plus connus de la pièce. Ce qui est audacieux, ce sont parfois les passages que les gens applaudissent le plus. Le lendemain du triomphe de Claude Barma à la télévision, Claude Mauriac a écrit dans une rubrique que c'était pénible parce que les coupes dans le texte étaient mal faites. « Des coupures à la hache », disait-il, comme celles que nous avons commencé à faire. Jean-Claude fera de la dentelle, parfois en glissant des mots qui auraient pu être de Rostand. Mauriac a dit aussi : « Cyrano vaut par l'humble vérité dont il déborde plus que par sa truculence et son clinquant. »

Je pense à *Atys* de Lully, à la mise en scène sublime de Jean-Marie Villégier. Je note : « Sentiment d'un monde pas encore vu à l'écran, costumes, perruques, fards merveilleux, la rigidité de l'étiquette, la toute-puissance de quelques-uns. Même sentiment dans les pièces de Molière qui mettaient en scène les grands. » Je ne sais pas encore qui va faire le décor, mais je sais déjà ce que je veux montrer à l'écran. Je pense à une sorte de couloir mystérieux donnant sur l'extérieur. Un escalier monterait aux loges. Nous faisons un découpage avec Babou, l'idée est qu'une foule de spectateurs se tienne sur la rambarde, un peu plus haut que le public auquel Cyrano s'adresse. Certains en descendent, et lui monte. Cette circulation sera l'écriture du film. Un mouvement perpétuel pour aller d'un endroit à l'autre.

Je vois *L'Illusion comique* de Corneille à l'Odéon, mis en scène par Giorgio Strehler, et rebaptisé *L'Illusion* tout court. Jusqu'alors, j'ai en horreur le XVIIe siècle qui est l'époque de la pièce. Le début est assez nébuleux, dans des teintes grises, bleu sombre. Magistral. Je me renseigne sur le décorateur Ezio Frigerio. Je trouve son numéro de téléphone. Je l'appelle et il refuse. Plus tard, Richard Peduzzi dit non aussi, je me remets à chercher, je rencontre Jean-Jacques Caziot, entre autres. Lorsque les choses s'accélèrent début 1988, je recroise Frigerio qui cherche cette fois à faire du cinéma. Lors d'un séjour en Afrique, un sorcier lui a conseillé de changer de métier, parce que le théâtre ne lui réussit pas. Il devait me retrouver ! Il est question de tourner en Espagne. Nous nous rendons à Madrid avec Frigerio et sa femme, je vais au Prado espérant trouver un style. Il refuse de venir, très orgueilleux : « Le style, on le fera nous-mêmes. »

Deux ans après *Tout feu tout flamme*, Dominique Besnehard est entré chez Artmedia et est devenu agent, son assistant Romain Brémond est maintenant un très bon directeur de casting. Nous avons du mal à trouver Roxane. Nous faisons beaucoup d'essais avec plusieurs actrices dont Maryam d'Abo, Emmanuelle Béart… Je garde en tête une phrase de la pièce : « Roxane est la plus belle, la plus blonde. » Hanté par cette description, je contacte Estelle Lefébure, mannequin française et grande beauté. Elle fait des essais, elle a certes un physique sublime. Mais Cleitman la trouve maladroite et moi-même, je suis dubitatif. Un soir, Romain débarque au bureau, il revient des journées du Conservatoire, « il y avait une fille nommée Anne Brochet qui a eu droit à une standing ovation, dit-il, il faut absolument que tu la voies ». Je la reçois le lendemain. Elle est en retard, a couru, elle est essoufflée, toute rouge, habillée, non pas en sabots comme dirait Adjani, mais presque. Elle est impressionnée, la pièce faisant rêver tout le monde. Elle n'a pas le physique attendu mais elle est excellente, je me dis qu'elle a quelque chose. Je ne regretterai pas mon choix. Lors du tournage, pendant certaines scènes, lorsque Roxane doit être illuminée par l'amour des mots qui ne sont pas les siens, elle sera si extraordinaire que j'aurai les larmes aux yeux en la regardant jouer.

Milos Forman tourne *Valmont* à Paris. Il est entouré d'une équipe américaine hors pair dont un coiffeur canadien exceptionnel, Paul LeBlanc. Cleitman a promis de me laisser faire, il me permet donc de l'engager ! Je veux embarquer à nouveau Pierre Lhomme à l'éclairage ; pour le convaincre, je mentionne les nombreuses scènes de nuit, le défi de la lumière avec les mousquetaires en bleu et rouge.

La production, de son côté, fait appel à Philippe Dussart, le producteur exécutif de *Tout feu tout flamme*. Ce dernier connaît ma tendance au dépassement. Il a un mauvais a priori, se dit que ça recommence. En apprenant la nouvelle pour le coiffeur canadien, il s'exclame : « Je suis obligé de tirer la sonnette d'alarme, ça fait maintenant quelques semaines que je surveille, je constate qu'à chaque visite à la production, vous avez de nouvelles exigences et de nouvelles idées qui font grimper le devis. » Je suis furieux, même si je comprends qu'il fait son métier. On lui dit qu'il faut entrer dans cette boîte-là et il voit que le couvercle a déjà sauté ! Durant les premières semaines où il prend la direction du train, il constate que je rajoute des wagons et il prend peur. Il en parle dans une réunion. Je me mets en colère. Je me plains auprès de Cleitman. Je ne peux pas travailler avec Dussart s'il me surveille toute la journée. C'est un pari trop compliqué. René dont je suis de plus en plus proche essaye d'arranger les choses, Dussart finalement ne fera pas le film. Cleitman engage Gérard Gaultier à sa place. Lorsque ça deviendra très compliqué pendant le tournage entre la France et la Hongrie, au milieu de terribles tensions, j'entendrai René lui dire : « Laissez-le faire son chef-d'œuvre ! »

Tout devient une question d'argent et je vois les choses en grand. Je suis invité à un cocktail chez Europe 1 pour le groupe Hachette. Je suis au bar quand soudain, un mouvement de foule. Jean-Luc Lagardère, le grand patron du groupe, arrive, entouré de tout un aréopage. Il s'avance vers moi et me dit : « Alors c'est vous qui allez faire *Cyrano* ! » « Oui, enfin, on va essayer. » « Je compte sur vous ! » me répond-il. Puis il se tourne vers sa cour, et déclare : « *Cyrano*, c'est moi, il ne faut pas mégoter avec, et *Cyrano*, c'est Cannes ! » Tous se regardent, interloqués. Pourquoi dit-il ça à Rappeneau ? Tout se joue à cet instant. Je quitte la réception avec Claudie et m'exclame : « Je crois que le film est sauvé ! Je n'aurai pas de barrière financière. Pour Cannes, en revanche, il débloque ! » Mais non, nous irons à Cannes, aux César, nous obtiendrons de multiples récompenses et les producteurs gagneront beaucoup d'argent. Mais pour l'instant il va falloir en dépenser beaucoup !

18.

En pleine préparation, on me propose de faire une pub à Budapest pour un shampooing américain. C'est un énorme budget, je ne peux pas refuser ! Le script est le suivant : la reine Cléopâtre dans un palais, magnifiquement reconstruit, se lave les cheveux dans une baignoire, ses servantes lui apportent du shampooing. Des tests sont faits en Amérique auprès des consommatrices. Leur réaction est toujours la même : une reine comme Cléopâtre ne se lave pas les cheveux elle-même. La pub est annulée pour le moment – elle se fera par la suite –, mais je rencontre là-bas une formidable équipe de techniciens, repère des studios, ce qui me donne l'idée de tourner une partie du film en Hongrie. Nous organisons un dîner à Paris avec les dirigeants du cinéma hongrois et Dussart (qui à ce moment-là est encore là), Cleitman et moi. Nous discutons d'un plan de travail, du tournage en extérieur, surtout la bataille – à tourner en priorité d'après eux. Je ne suis pas d'accord : « Il faut commencer par le théâtre. » La tension monte, le restaurant se vide peu à peu et chacun reste crispé sur ses positions. Depardieu débarque à l'improviste comme à son habitude. En voyant ma tête, il s'exclame : « Mais qu'est-ce qu'il y a encore ? Qu'est-ce que vous lui avez dit ? » « On se pose simplement la question de savoir si l'on doit commencer par la Hongrie ou par la France ! » « Vous trouverez bien une solution mais ne le faites pas chier », répond Depardieu. Son intervention calme tout le monde. Je retourne à Budapest pour les repérages. Un peu plus tard, lors d'un déjeuner, Cleitman me présente Michel Seydoux. Celui-ci déclare que le film risque de coûter plus cher que prévu, il propose de le coproduire et de faire deux versions, une française et une anglaise dans laquelle les acteurs seront doublés. Il jouera un rôle capital plus tard.

Je fais le découpage avec Babou, elle campe pour moi tous les personnages afin que je visualise les scènes. Au bout de plusieurs heures, elle se retrouve allongée sur le sol, jouant à la fois Cyrano à terre et Roxane qui se penche vers lui. « Jean-Paul, là je ne peux plus me relever ! Il est mort ou pas ? C'est bon ? » « Attends, attends, laisse-moi regarder encore un petit peu ! »

La préparation se poursuit, j'ai toujours des images en tête, je repense à une allée d'arbres extraordinaires que j'avais repérée près d'un champ au moment de *La Vie de château*, existe-t-elle toujours ? Nous nous rendons sur place. Elle est toujours là ! On y tournera certaines scènes. Puis on cherche un tilleul pour la scène du balcon, on trouve un arbre exceptionnel, par hasard, en faisant halte dans un bistrot. L'équipe déco a construit le balcon par rapport à cet arbre, et non le contraire. Chez nous, dans notre maison d'Auxerre, il y avait de très grands arbres. À Paris, un arbre a grandi dans la cour de mon immeuble. Il compte beaucoup. Ses branches touchent maintenant mes fenêtres, je serais désespéré qu'on les coupe. Les arbres tiennent une place importante pour moi, et la nature. C'est une obsession. Il faut des arbres dans nos vies. Et dans les films. Des arbres et des maisons. Les uns et les autres sont d'ailleurs présents dans tous les petits dessins de mes story-boards. Lorsque nous tournons dans la campagne sur des lieux abandonnés où la végétation est folle, je ne veux rien abîmer, il ne faut pas marcher sur l'herbe !

Nous commencerons finalement à tourner en Hongrie. En mars, nous répétons avec les acteurs. J'ai écrit un texte à leur attention. Ému et fébrile, je les rassemble tous pour le leur lire le premier jour des répétitions.

« *Mes chers amis, si vous êtes là, aujourd'hui, ce n'est ni par erreur, ni par hasard. Romain Brémond et moi avons commencé à chercher les acteurs de ce film il y a maintenant un an. Nous avons rencontré plus d'une centaine de comédiennes et de comédiens, nous avons vu des spectacles et des films, nous avons visionné des dizaines d'heures de vidéos. Nous avons, croyez-moi, pensé à tout le monde, envisagé toutes les possibilités. Et si vous êtes là, c'est véritablement parce que j'ai la conviction profonde que vous êtes, pour chacun de ces rôles, les meilleurs possible. Je vous admire tous, ma confiance en vous est immense. Je voulais que vous le sachiez. Alors de quoi s'agit-il ? Il s'agit de se préparer à tourner un film qui s'appellera* Cyrano de Bergerac. *Ce film est adapté librement d'une pièce célèbre d'Edmond Rostand. Mais je ne voudrais pas qu'ici on parle trop de la pièce car, pendant ces deux années de travail, tout au long des cinq versions successives du scénario, la pièce s'est éloignée peu à peu de nous tandis qu'un film m'apparaissait, de plus en plus fort, de plus en plus présent. Aujourd'hui, je ne sais plus moi-même ce qui est de Rostand, ce qui est de Carrière, ce qui est de Rappeneau. Par contre, en écrivant ces dernières semaines le découpage avec ma sœur Élisabeth, j'ai été porté par le sentiment constant de raconter une extraordinaire histoire en images. Ce film, puisqu'il s'agit bien d'un film, aura une particularité : les personnages s'y exprimeront en vers. Oui, le film parlera en vers. Cela a longtemps fait peur à beaucoup de gens. Bien des producteurs qui étaient tentés par le projet ont fini par abandonner en jugeant le pari impossible. J'en sais quelque chose. Mais un jour, un homme a pensé que cette particularité, ce dialogue qui ne ressemblera à aucun autre dialogue, fera justement le succès du film. Cet homme, c'est René Cleitman, notre producteur. Un autre homme s'est joint à lui, c'est Michel Seydoux, ils se sont battus pour que ce projet existe, ils continuent à se battre. Je voudrais rendre hommage à leur foi, à leur ténacité.*

Aujourd'hui, tous les films se ressemblent. Nous sommes ensevelis par des torrents d'images et de sons identiques.

Vous voyez deux plans d'un film, vous entendez deux phrases de dialogue et, déjà, vous avez compris la suite. Il ne vous reste qu'à changer de chaîne, ou à sortir de la salle. Aujourd'hui, vous le savez, seuls les films qui sortent de l'ordinaire peuvent capter l'attention du public. Cyrano de Bergerac *ne ressemblera à aucun autre film. Nous pensons que ces merveilleux dialogues en vers, ces brusques envolées, ces alexandrins coupés en deux ou trois, en quatre, et même en cinq, ce ping-pong acrobatique et vertigineux, nous pensons, nous, qu'ils seront la clé du succès du film. Ce qui est apparu à beaucoup de producteurs frileux comme un problème, un obstacle, nous voulons en faire l'arme avec laquelle nous allons triompher.*

Alors, ces vers, qu'allons-nous en faire ? Comment allons-nous procéder avec ces alexandrins baladeurs bien loin de ceux de Racine et de Corneille, mais descendants directs de ceux des drames romantiques de Victor Hugo ? Je ne suis pas un professeur d'art dramatique. Je n'ai pas de théorie, je n'ai pas de règle – et d'ailleurs, il n'en existe aucune d'infaillible qui puisse répondre à tous les cas de figure. La seule chose que j'ai, c'est une oreille, et je lui fais assez confiance. Des comédiens et des comédiennes que je ne citerai pas, et qu'évidemment je n'ai pas engagés, m'ont dit après avoir lu le scénario : "Il n'y a aucun problème, c'est comme de la prose." Si nous disions ce texte comme de la prose, si nous rendions les vers trop quotidiens, nous aplatirions tout, et le charme brusquement s'envolerait. La poésie française est basée sur le nombre de pieds et le nombre ici c'est : douze ! Mais si nous tombions dans l'excès inverse, si nous faisions un sort à chaque vers, à chaque rime, à chaque césure, si nous martelions systématiquement ces fameux douze pieds, le film n'y résisterait pas. Il s'effondrerait, assassiné par le système métrique.

J'ai dit à l'instant que je n'avais pas de règles, mais je peux quand même en formuler une qui est presque une lapalissade : si on entend trop les vers, cela n'ira pas. Mais si on ne les entend pas assez, cela n'ira pas non plus. Au fond, ce que je souhaite, c'est que les vers soient là sans y être, qu'ils soient comme une musique présente, mais légère, qui courra à travers tout le film, avec parfois des éloignements et parfois des accentuations. Je suis à la recherche d'une musique, d'un son, d'une harmonie. Ce texte que nous aimons tous, c'est une écriture rythmée. Nous allons chercher ensemble un rythme, une grâce, un mouvement, qui seront ceux du film. Il faudra nous méfier de la lourdeur, de la récitation, du ronronnement, et de la psalmodie. Il faudra que nous retrouvions, à travers ces mots merveilleux, la vérité des sentiments et de la vie.

Mais là, j'anticipe un peu, j'anticipe même beaucoup. Ce que nous devons faire d'abord qui sera peut-être long, mais qui est primordial, c'est de lire et de nous entendre sur le sens des mots, le sens des scènes. Qui sont ces personnages ? Que veulent-ils ? Que disent-ils ? Voilà notre premier travail. »

Je suis décidé à ne pas intervenir pendant les premières lectures. Mais dès le début de la préparation, Jean-Marie Winling est excellent lorsqu'il joue le poète ivrogne : « Ah Ragueneau mon ami… », aussi au bout de quelques minutes, je n'y tiens plus, je m'écrie : « Voilà, c'est exactement ce que je cherche, il dit les vers mais sans insister. » Et j'enchaîne : « Excusez-moi, j'avais dit que je ne dirais rien, que je vous laisserais dérouler le texte, mais c'est exactement ça ! Il nous parle en alexandrins, et pourtant on n'y fait même pas attention. Il reste la beauté ! » Lorsque nous irons présenter le film à New York, dans le taxi qui nous conduira à la projection, Gérard Depardieu me confiera que pour lui tout s'est joué ce premier jour des répétitions. « Ce que tu as dit de Winling m'est resté gravé dans la tête. C'est là que j'ai pu m'emparer du texte. »

Avant le début du tournage, j'insiste auprès de Gérard pour qu'il fasse un effort pour surveiller son poids. « Ah non, pourquoi me parler de ça ? » s'exclame-t-il. « Mais enfin, Cyrano est un poète qui ne mange pas beaucoup, tu dois te soumettre à un régime pendant toute la durée du tournage. C'est important pour le film. » Il est finalement d'accord mais à condition qu'on n'évoque plus le sujet. « Je ferai ce qu'il faut, mais je ne veux plus entendre prononcer le mot gros, promets-moi que tu ne l'emploieras pas avec moi. » Je promets, il tient parole et la première semaine en Hongrie se déroule à merveille. Nous allons au restaurant, pour fêter nos débuts, toute la troupe est là, il y a même les parents de mon assistant, Thierry Chabert. Gérard festoie. René Cleitman me glisse à l'oreille : « Regarde, ce n'est pas possible, il ne tient pas son engagement, il mange comme quinze ! » Je proteste : « Oh laissons-le, il a l'air tellement heureux. »

« Mais non, il faut faire quelque chose tout de suite, sinon ça ira de mal en pis. » Je le calme : « Attendons au moins la fin du dîner. Je lui parlerai. » Nous quittons le restaurant et commandons un taxi. Je monte à l'arrière avec Cleitman, Depardieu est devant. René chuchote : « Il faut que tu lui parles en rentrant, c'est le moment. » Nous arrivons à l'hôtel, Depardieu s'engage dans le hall, nous sur ses talons. « Vas-y, me presse Cleitman, lance-toi. » « Gérard, excuse-moi, je peux te dire un mot ? » « Oui bien sûr, qu'est-ce qui se passe ? » « Euh, on est tellement contents, tout se passe vraiment bien, mais il y a quand même une chose, je te regardais pendant ce dîner, tu manges comme un fou, tu bois comme un trou, si ça continue comme ça, tu vas redevenir gros. » Hurlements. Qu'ai-je dit ? J'ai prononcé le mot tabou ! Il traverse le hall, va au bar, prend une bouteille de whisky. De rage, il la boit entièrement en me fixant. Je marmonne : « Bon, si c'est comme ça, on en parlera demain, je vais me coucher. » Je ne veux plus savoir ce qu'il fait. Je me suis endormi quand, à deux heures du matin, j'entends frapper à la porte. Je me relève, enfile ma robe de chambre et ouvre en soupirant. Gérard est dans le couloir, complètement saoul. Il répète inlassablement : « Tu as dit le mot, tu as dit le mot, tu avais promis. » « Écoute, calme-toi, ne crie pas, entre. » « Non, je crie, je n'entre pas. Tu as dit le mot. » Je réussis à le faire entrer. Je referme la porte, le couloir est étroit, je l'évite, je le sens à bout de nerfs, il va au minibar et vide toutes les petites bouteilles, il soulève une sorte de mini-armoire vitrée. « Gérard, pose cette armoire ! » J'insiste, affolé. Il finit par reposer l'armoire mais envoie un coup de poing dans la vitre qui se brise. Il a la main en sang. Je me précipite dans la salle de bains. « Mais enfin Gérard, calme-toi, je t'en prie. » Je prends des bouts de coton, des serviettes, je le fais asseoir, je commence à éponger le sang. Je le soigne, il se laisse faire comme un enfant. Il ne dit plus rien. Puis soudain, il se met à rire de son rire tonitruant, je ris moi aussi, nous rions tous les deux. Plus tard, il me dira : « Tu sais, ça a commencé pour nous deux quand on a ri pendant que tu me soignais ! » Il rejoint sa femme Élisabeth qui l'attend dans leur chambre : « Mais d'où viens-tu ? » lui demande-t-elle. « J'étais chez Rappeneau, j'ai cassé son armoire. » Je songe que nous avons rejoué deux scènes qui sont dans *Cyrano*, celle où il ne faut jamais dire le mot « nez » et celle où Roxane soigne la main de Cyrano dans l'arrière-boutique de Ragueneau.

Dès les premiers jours de tournage, je constate la lenteur des techniciens hongrois. Nous accumulons les heures de retard et ne respectons pas du tout le plan de travail. René Cleitman est mon ami, mais néanmoins, il représente l'aspect financier, il comprend peu à peu qu'on ne rentrera pas à temps en France. Je prends trop de temps, il faut couper des scènes. Nous ne sommes pas d'accord sur la technique, la pression monte. Je deviens défaitiste, je tiens tellement à mon spectacle ! Gérard intervient de nouveau, sur le plateau, il lance :

« Qu'est-ce qu'on a encore fait à Jean-Paul ? Je ne comprends pas, voilà un garçon qui était enthousiaste, impeccable, et là, il est à ramasser à la petite cuillère ! » Chacun est dans son droit, avance ses pions, nous finirons par trouver un accord au milieu. Depardieu jubile de jouer Cyrano, il n'a aucun problème de mémoire, connaît tous les vers par cœur. Il protège le film.

Je me ménage pour tenir pendant toute la durée du tournage qui est très éprouvant. Je fais attention de ne pas tomber malade, je surveille mon hygiène de vie. Pour récupérer, je dors dès que je peux, dans la voiture pendant les déplacements, sur un coussin que j'emporte partout avec moi. Je transporte aussi ma boîte à chapeau, m'excuse d'emmerder tout le monde avec ça, un feutre en hiver, un chapeau de paille en été. J'ai beau insister pour la prendre sur mes genoux, une personne de l'équipe s'arrange toujours pour lui trouver une place.

Dans la pièce, un carrosse arrive sur le champ de bataille, et on découvre Roxane à l'intérieur. Un flashback verbal intervient : « Mais comment êtes-vous passée entre les Espagnols ? » et explique sa venue. Je me suis dit très vite, au moment de l'écriture, que, dans le film, il fallait montrer comment elle parvenait là. Donner un côté western à ces scènes. Roxane devait être habillée en homme. C'est bien foutu dans le scénario parce que ça coïncide avec le moment où on comprend que Cyrano décide d'envoyer sa propre lettre. Un montage à la Rappeneau, dira-t-on. Tout se combine.

Le moment culminant de la relation entre Cyrano et Christian, quand ce dernier réalise que Cyrano se fout de lui, nous l'avons ajouté. C'est la scène réécrite dont je suis le plus content : Christian entre, surprend Cyrano qui cache vivement sa lettre à Roxane, et c'est la révolte de Christian contre son sort. Cyrano ne lui dit pas tout et joue un mauvais rôle depuis le début. Je trouve que c'est assez habile, ça sonne assez Rostand. Les sous-titres de la version anglaise sont inspirés de la traduction d'Anthony Burgess. Dans la préface de son édition, il note que le comble de la pièce est que tout fonctionne sauf l'arrivée miraculeuse de Roxane dans un carrosse au siège d'Arras, alors qu'il y a un blocus. Un peu comme si on voulait aller à Stalingrad en plein siège ! Il souligne que cela frappe d'invraisemblance la dernière partie de la pièce. Je ne sais pas comment cela est résolu au théâtre, Rostand voulait un aspect conte de fées. Pour nous, il fallait trouver un truc, nous avons une exigence de réalisme. Cleitman me dit : « On n'a qu'à la voir arriver après. » « C'est impossible. Elle serait passée comment et où ? » Nous prévoyons trois journées de tournage pour cette scène dans une forêt qui est exactement comme je l'imaginais. René veut réduire ce temps à un seul jour. Je me rends sur place avec Pierre Lhomme et mon assistante Francine Meunier, tente de repérer ce que je pourrais enlever. J'ai en tête chaque action parallèle à l'arrivée de Roxane et je ne vois pas à quoi renoncer sans que la construction s'effondre. Fou de rage, sans solution, je rentre au studio et déclare que je ne tournerai pas dans la forêt. « À la place, on mettra un carton pour expliquer comment Roxane est arrivée », dis-je avec provocation. « Tu cherches le conflit », me dit René. J'explose et me mets à hurler : « Oui je cherche le conflit, je ne veux plus rester ici. J'en ai marre. Ce film me fait chier. » Je suis à bout de fatigue, je ne veux pas lâcher le découpage dont je suis si fier. Ou bien, il faudrait une sorte de plan séquence au steadicam où on accompagnerait Roxane. Mais non, je ne peux pas réinventer si vite un style pour un tournage prévu le lendemain matin. Finalement, on m'accorde deux jours au lieu de trois pour la scène. J'ai gagné une journée, mais j'ai la sensation de devoir lutter perpétuellement pour qu'on n'abîme pas mon film. La tension est à son comble, on ne se parle plus avec René. J'ai envie de tout arrêter, je reste cloîtré dans ma chambre dès que je quitte le plateau, je n'ai plus envie de voir personne. À Paris, la situation épineuse commence à se savoir, à tel point que Michel Seydoux saute dans un avion. En rentrant après le premier jour en forêt, je le trouve dans le hall de l'hôtel. Il m'entraîne dans une chambre pour discuter. « Je ne suis pas là pour t'emmerder, me dit-il, mais on a un contrat tous les deux et je veux un chef-d'œuvre. Et là, tout est compromis, on perd du temps. Te rends-tu compte qu'on est en train de louper toutes nos dates en France ? » Il hausse le ton : « Il y a un plan de travail à respecter, il faut rentrer de Hongrie à la date prévue. Ce que je te demande c'est de voir ce que tu peux enlever de la Hongrie pour le faire en France. »

Un dîner de réconciliation est organisé entre Seydoux, René et moi. « Si j'avais signé le scénario du film avec des auteurs, dis-je, à ce stade, on les aurait fait venir pour en parler et on aurait sûrement trouvé des solutions. Mais là, il s'agit de la pièce de Rostand, je ne suis pas libre. Je suis le père du film, mais le grand-père a écrit la pièce et j'ai été engagé pour la tourner. » Nous échangeons nos points de vue dans le calme. Mes assistants acceptent de se pencher sur le plan de travail. On tournera certaines parties du siège d'Arras en France. Il reste encore à régler « le combat des cent ». On se demande comment faire et où le tourner. Frigerio suggère de transformer le décor du théâtre. Le grand maître d'armes Bill Hobbs a accepté le film pour la grande scène de bagarre à l'épée, digne du *Robin des Bois* de Michael Curtiz, mais c'est compliqué avec cent hommes. Son défi est de trouver des astuces pour que cet homme seul finisse par vaincre cent personnes ! Ce doit être une sorte de sommet de l'art de l'escrime. Je le lui ai promis et c'est comme ça que je l'ai convaincu d'accepter. Il a travaillé comme un fou pour incarner ce combat, a réalisé une chorégraphie extraordinaire qui là encore nécessite plus de jours de tournage que ceux auxquels nous avons droit. La veille, je dois l'avertir, la mort dans l'âme, qu'on doit tourner en une seule journée et qu'on ne pourra pas faire sa grande scène. Il accuse le coup. Le lendemain, je tombe sur lui assis à une terrasse de bistrot, complètement abattu. Je ne parle pas bien anglais mais je le vois tellement triste que je lui murmure : « Sorry, je n'ai pas tenu ma promesse. » « It's ok, me répond-il, that's life. » En vrai professionnel, il restera jusqu'au bout, pendant la bataille finale du siège d'Arras. Ce sera assez joli dans la brume. Et finalement mieux pour le film, ce que j'avais en tête aurait sans doute été trop long. Je m'en veux parfois, je réalise que je m'en suis pris souvent à Pierre Lhomme lors de mes accès de rage. Je tente de m'excuser : « Après tout, ce n'est qu'un film ! » Je vois bien qu'il souffre sur le plateau, il se sent incompris, il pense que je suis vampirisé par Frigerio qui me fait faire des folies. Ces deux-là passent leur temps à s'engueuler et je suis obligé d'arbitrer. Heureusement, nous serons tous couverts d'honneurs à la sortie du film et Pierre largement récompensé.

Le séjour en Hongrie se termine par le tournage de la bataille avec le moulin en bois que Frigerio a construit et qui doit flamber à la fin. Il doit y avoir une explosion, de la fumée, des flammes, au pic de la bataille, au milieu des hommes et des chevaux. Ce sont les images finales, filmées à plusieurs caméras. On monte une tour de trois étages en tubulure. Beaucoup de monde se trouve sur cette tour. On répète un moment. Je lance : « Mais combien de temps il faut pour que le moulin flambe ? »

Je suis sous pression, je me suis battu comme un fou pour tout avec la production, je culpabilise parce qu'il faut en finir, j'ai promis à Michel Seydoux de quitter la Hongrie à la date prévue. La bataille doit donc être parfaite, on a beaucoup répété, le moulin en flammes, la fumée enveloppant ce qu'on ne peut pas voir. J'y tiens, je l'ai répété à Pierre, « on ne doit pas tout voir ». Il faut que ce soit nimbé et c'est ce qu'il fera parfaitement d'ailleurs. Je crie d'en bas : « Mettez le feu ! Ça y est, on y va. Attention, on est prêt ! Ça flambe ! Action ! » L'agitation est à son comble mais… Pas de fumée ! Le mec chargé de la machine à fumée a mal compris et n'est pas là. Je suis au bord de l'apoplexie. C'est une catastrophe. On est en train de louper la scène finale. C'est foutu, autant tout arrêter ! Je suis pris d'un moment de folie, je m'accroche à la tour, la secoue avec virulence, essaye de la faire tomber. Plusieurs personnes de l'équipe se jettent sur moi pour me maîtriser. Finalement, le chef opérateur sauve la mise. Voyant qu'effectivement il n'y a pas la fumée, il ne coupe pas, resserre le plan sur le moulin en feu et filme tout l'incendie. C'est le plan final. On quitte la Hongrie le lendemain matin.

Je m'interroge sur la musique du film avec René. Il a été longtemps directeur d'Europe 1, il me dit : « Je connais une fille qui a une discothèque inimaginable, tu y trouveras tout ce que tu veux. Tu devrais la rencontrer. » Ce que je fais dès la fin du tournage. Je passe une journée avec elle, lui fais lire le scénario. Elle demande : « Connaissez-vous *La Danse des chevaliers* de Prokofiev ? » Je ne l'ai plus en tête, elle me fait écouter. Je m'exclame : « C'est exactement l'inspiration que je cherche ! » Elle poursuit, sélectionne des morceaux, j'aime tout. Elle finit par offrir de m'enregistrer une cassette avec sa sélection. « Votre film est là-dedans », me dit-elle en me tendant la bande. « C'est très bien, me disent des amis musiciens, mais maintenant, il va falloir quand même que quelqu'un s'en mêle pour enregistrer et arranger. » On me parle de Jean-Claude Petit, premier prix du Conservatoire. Je vais le voir avec le scénario, il lit, je lui passe ma cassette, il semble écouter d'une oreille distraite : « Je vois, je vois », répète-t-il. J'insiste : « Mais quand même, écoutez ça… » Il éteint la bande et me la rend. « Mais enfin, il vaut mieux que vous la gardiez, non ? » « Non, non, j'ai bien compris », répond-il. Il dit vrai. Ses compositions et ses arrangements répondront complètement à mes souhaits. Après la sortie du film, je reverrai la fille d'Europe 1. Ravie de me voir, elle s'exclamera : « Je voulais vous dire, j'ai adoré votre film et j'ai été très touchée parce qu'il y a vraiment toutes les musiques que je vous avais proposées. » Je ne lui parlerai pas du travail de Jean-Claude Petit.

Nous terminons le tournage à Gambais, là où j'ai tourné *La Vie de château*, ce qui m'émeut particulièrement. Nous avons tous en mémoire certaines scènes si époustouflantes que beaucoup sur le plateau avaient les larmes aux yeux.

19.

La suite, les récompenses, les honneurs, la reconnaissance inouïe, est un tourbillon enchanté et vertigineux que j'essaye de maîtriser tout en en goûtant la saveur. Ce pourrait être le moment de ralentir, de retrouver le rythme qui est le mien.

Pourtant, dès le film en boîte, les producteurs et distributeurs me pressent de me lancer dans un prochain projet. « Avec ce succès, vous ne pouvez pas encore attendre, chercher, il faut enchaîner tout de suite. »

C'est reparti ! Je déjeune avec Bertrand de Labbey. « Aujourd'hui Jean-Paul, si on vous disait que vous pouvez faire ce que vous voulez, auriez-vous un désir immédiat ? » Je réponds : « Évidemment, si j'avais la possibilité de tourner un film à partir de mon roman préféré… » « Quel est votre roman préféré ? » « *Le Hussard sur le toit.* » « Et donc, si les droits étaient libres, vous le feriez ? » « Oui, je crois. » « Bon alors je vais me renseigner, je vous tiens au courant dans l'après-midi. »

Je repense à mon père, un soir, pendant qu'il était à la guerre, ma mère nous a mis dans la voiture et nous sommes partis sur les routes. Première esquisse du projet du *Hussard sur le toit*, thème de la randonnée à deux dans un pays où rôdent la mort et le danger. Bertrand de Labbey me rappelle : « Malheureusement, il y a un garçon qui a pris les droits, Édouard Niermans. Mais vous êtes sûr que vous ne pouvez pas penser à autre chose ? » J'en parle avec René Cleitman que j'ai tenu au courant. Il renchérit : « Jean-Paul, quand même, il y a bien d'autres livres qui pourraient t'inspirer, réfléchis. » « Oui, c'est vrai, *Belle du Seigneur* d'Albert Cohen par exemple. » Dès le lendemain, il me téléphone : « Je suis en discussion avec les frères Hakim. C'est eux qui ont les droits du livre, ils voulaient l'adapter au cinéma mais ça n'a pas abouti. Qu'est-ce que tu en dis ? Je peux me lancer à négocier ? » « Euh oui... » « Si j'obtiens les droits, on le fait alors ? » « Oui, laisse-moi deux jours, je relis le livre. » Je me plonge dans le bouquin et lui négocie avec les frères Hakim, grands producteurs d'avant-guerre et d'après-guerre. Je rédige seul un script. Mais avec les Hakim, les histoires d'argent sont très compliquées, les négociations patinent, se noient dans des discussions sans fin. Pendant ce temps-là, j'envisage un projet dont un scénariste, Jérôme Tonnerre, m'a parlé : Napoléon à Sainte-Hélène, un huis clos. Je rencontre Daniel Auteuil, nous évoquons le personnage. Mon imagination sera arrêtée par la réalité de la figure historique. Je cherche à nouveau...

Mes cahiers sont pleins de tentatives.

Je dîne un soir au restaurant avec Jacques-Éric Strauss, un distributeur avec qui je suis copain. Je me plains auprès de sa femme qui se trouve être la fille d'un des frères Hakim : « Votre père n'est pas facile, j'aurais tellement voulu faire ce film. » « Oui je suis au courant, me dit-elle, mais vous savez, *Belle du Seigneur*, pour lui, c'était très important, il rêvait aussi de le faire. » Alain Delon, présent dans le restaurant, passe derrière notre table, nous le saluons. Je lance : « Voilà un garçon que j'aurais bien aimé faire tourner dans *Le Hussard sur le toit*, mais dommage, Édouard Niermans est en train de le réaliser. » « Mais non, me dit Strauss, il ne le fait plus, il a laissé tomber. » « Ah bon ? Tu es sûr ? » Je relance Cleitman dès le lendemain matin. Une heure plus tard, il me confirme la nouvelle : les droits du *Hussard sur le toit* sont de nouveau libres. « Qu'est-ce qu'on fait ? On les prend ? » « Oui ! » « Mais *Belle du Seigneur* alors ? » « Tu vois bien qu'on n'y arrive pas. » En une journée, c'est parti. J'y crois. On va le faire.

J'ai de nouveau le désir de faire un film sur la France des taillis dans une période troublée. Un nouveau périple qui pourrait commencer à Manosque, des escarmouches, les soldats dragons.

J'ai longtemps pensé que le réalisateur devait aussi être l'auteur de son script et je rejetais l'idée d'adapter des œuvres existantes. Et puis *Cyrano* est arrivé. M'approprier l'œuvre d'un autre, la tirer vers moi a stimulé ma créativité, ça a libéré une part de mon énergie vers la mise en scène pure. *Le Hussard sur le toit* m'a bouleversé quand je l'ai lu à vingt ans, ça a été un grand choc de lecture, j'ai été transporté par cette épopée et par la langue extraordinaire de Giono. La rencontre d'Angelo et Pauline est pour moi l'une des plus belles rencontres de la littérature française dans cette ville ravagée par le choléra – Manosque –, et ce voyage à deux dans une Provence dont j'ignorais tout à l'époque m'ouvre les portes d'un territoire visuel magique. *Le Hussard* me paraît d'abord trop beau, trop grand, trop haut. Je m'inquiète : comment adapter les cinq cents pages d'un livre culte ? Je commence un travail solitaire de réflexion, je fais une relecture du livre très attentive avec une mise à plat de tous les éléments, je m'interroge sur le cœur de l'œuvre. J'écris des notes à l'infini, comme un dialogue avec moi-même.

C'est alors que je rencontre Nina Companeez chez une amie commune – nous deviendrons de grands amis par la suite. « Et vous, Jean-Paul, que faites-vous en ce moment ? » me demande-t-elle. « Je suis très excité, je viens d'obtenir les droits du *Hussard sur le toit.* » « J'aime énormément ce livre. » « Alors est-ce qu'éventuellement ça vous amuserait de l'adapter avec moi ? » « Mais enfin, ce n'est pas mon métier… » « Qu'est-ce que vous racontez, vous écrivez tous vos scénarios et vous avez été la scénariste de Michel Deville. Qu'en pensez-vous ? Si je le fais, vous accepteriez de travailler avec moi ? » « On peut y penser. »

« Vous êtes les bienvenus pour venir écrire chez moi », nous dit notre amie commune. Et peu de temps après – cette fois, ça s'enchaîne vite –, nous allons passer plusieurs semaines à Saint-Tropez. Pendant de longs mois, nous bâtissons la construction du film. Nous avons les mêmes réactions sur les scènes du livre. Nous cherchons à créer « une stratégie de la tension » et à sortir une intrigue de ce roman souvent contemplatif. On ne sait pas vraiment pourquoi le héros, Angelo, traverse la Provence, ni où il va. Quand on regarde sur une carte le trajet qu'il accomplit dans le livre, on s'aperçoit qu'il tourne en rond. Nous puisons dans la tétralogie de Giono dont Angelo est le héros, le cycle du *Hussard*, dans *Le Bonheur fou* et *Mort d'un personnage*, nous y trouvons un complot politique ainsi qu'un espion autrichien. Nous travaillons sans relâche aux sons de la Provence. Parfois, se souviendra Nina, je m'exclame : « On ne s'entend pas, faites taire les cigales ! »

Fin août 1992, nous avons un scénario. Je le fais lire à mon fils Julien, qui termine ses études pour devenir journaliste. C'est la première fois que je commence à échanger avec lui sur mon travail. Jean-Claude Carrière intervient par la suite pour les dialogues, s'installe alors un ping-pong entre nous et certains amis que nous sollicitons pour mettre les scènes à l'épreuve. Jean-Claude termine à l'automne. Au début de notre travail d'adaptation, j'avais le livre en permanence sous les yeux, complètement annoté. Quelques mois plus tard, c'est devenu mon film et je m'en sens l'auteur.

Une fois le scénario bouclé, fidèle à ma méthode, j'ai besoin de mettre le film en images. Je commence ainsi le découpage, avec l'aide de Babou et de Julien, toujours un crayon à la main. Je fais appel à Fabien Lacaf, qui dessine le story-board, il dira avoir été surpris tant j'ai mon film dans la tête, aux mouvements près des personnages, au moindre travelling.

La préparation et le casting suivent rapidement. Il faut trouver Angelo et Pauline. *Le Hussard* c'est aussi l'histoire de deux jeunes gens qui s'aiment dans une maison abandonnée. Et il y a du naïf dans le personnage d'Angelo. Je vois de nombreux jeunes comédiens. J'ai très envie de faire tourner Sandrine Kiberlain qui a un petit rôle dans *Cyrano* et dont j'aime le talent et la singularité. Je la vois régulièrement, elle donne la réplique à plusieurs Angelo potentiels. Finalement, je choisis Juliette Binoche qui paraît plus faite pour le rôle de Pauline. Je me dirai souvent par la suite que nous nous sommes ratés avec Sandrine !

Je rappelle Frédérique Moidon qui s'est occupée du casting sur *Cyrano*. « Est-ce que vous pourriez lire le livre plutôt que le scénario d'ici demain ? » Elle le lit dans la nuit et, dès le lendemain, vient à mon domicile. « C'est étonnant, me dit-elle, car depuis deux jours je ne pense plus qu'à un acteur, et quand j'ai lu *Le Hussard*, je ne vois que lui dans le rôle ! » « Ah bon, de qui s'agit-il ? » « Keanu Reeves ! Vous l'avez vu jouer ? » « Mais enfin, il est américain ! » « Je vous en supplie, allez le voir au cinéma. » Dans l'après-midi, je vais voir le film de Reeves au Studio des Ursulines. Moidon me rappelle : « Alors ? » « Oui effectivement, il est très bon et physiquement, c'est ça, un archange ! Vous pouvez vous renseigner sur ce qu'il fait en ce moment ? » Dans la journée du lendemain, elle a appelé Hollywood, eu son agent au bout du fil. Je proteste : « Mais enfin, attendez, il s'agissait juste de se renseigner. » Ça ne la décourage pas : « Il sera à Paris lundi, vous pouvez le rencontrer. » « Mais je ne vous ai pas demandé de le convoquer. » Il se trouve que l'acteur a des rendez-vous en France. Ainsi le lundi suivant, je déjeune avec Keanu Reeves rue de Marignan, en bas des bureaux de Cleitman. René descend le voir. Il est certes très beau, très sympathique, mais je m'interroge : en quelle langue parlerait-il ? Cette question est cruciale pour moi. Ça tombe à l'eau.

« Si vous êtes très attaché à la beauté du personnage, me dit Frédérique Moidon, il y a un Français qui devrait vous plaire. » Elle me montre des photos d'Olivier Martinez. Vraiment le rôle physiquement. « Faisons des essais ! » Il arrive, magnifique, mais sa voix me dérange. Il a fait le Conservatoire, il assure pouvoir la travailler. Juliette Binoche lui donne la réplique, elle me rattrape dans la rue : « Alors, vous l'avez trouvé votre Angelo ! » Je le choisis comme une midinette. Pour sa beauté. Nous faisons d'autres essais, une scène d'une pièce de Musset. Dès les premiers mots, je grimace, quelque chose est disharmonieux. Mais autour de moi, mon choix est acté, c'est parti avec lui. Juliette Binoche le fait travailler, tout le monde est persuadé qu'il va y arriver. Je continuerai néanmoins d'être gêné.

Nous partons en repérage, un périple enchanteur au cœur de la Provence que nous quadrillons inlassablement, faisant fi des kilomètres. Je cherche les lieux qui m'ont enivré à la lecture du livre : les forêts, les toits… Nous reconstituons une Provence rêvée et pourtant bien réelle. Nous tournons dans plusieurs départements, nous commençons en Camargue, nous allons jusque dans les Alpes puis finissons dans le Rhône. Un plan dans une région, une séquence dans une autre, toujours ma géographie imaginaire. Manosque est ainsi un puzzle de plusieurs villes. Et les toits sont construits à un mètre de hauteur en studio. Je travaille pour la première fois avec Thierry Arbogast à la photographie. Je cherche quelqu'un qui comprendrait aussi bien les besoins du film que mon idée du cadre et j'ai remarqué son travail sur le film *Le Brasier* d'Éric Barbier qui a un aspect très pictural. Au fond, je cherche un peintre et Thierry Arbogast le sera. Grâce à lui, il y a de vraies beautés dans le film même si, pourtant, c'est le seul de mes films qui m'a déçu. Je voudrais une musique d'inspiration romantique puisque l'histoire se déroule au XIXe siècle. Je fais de nouveau appel à Jean-Claude Petit, il comprend tout de suite et compose une musique parfaite. J'aime aussi repenser à certaines scènes entre les deux personnages. Ainsi, lorsque Pauline et Angelo arrivent en pleine nuit dans la maison abandonnée, ils sont trempés, elle s'empare d'un des linges posés sur les meubles et s'essuie avec. C'est un plan prévu pour permettre à la scène de continuer sans plus parler de la pluie. Binoche regarde simplement le linge et dans sa façon de regarder, tout est raconté. Ils sont au bout du chemin dans cette maison, la nuit. C'est émouvant.

Le film sort en septembre 1995 et rassemblera plus de 2,5 millions de spectateurs. Nous voyageons beaucoup avec lui, il est très apprécié à l'étranger. Je note : « 23 septembre : festival de San Sébastien. 30 septembre : Namur, Bruxelles. 2 octobre : Montréal. 13 octobre : Paris. 2 novembre : Florence. 5 novembre : Londres. Fin novembre, début décembre : Je remonte le film pour la version américaine. 26 décembre : remix. 12 janvier 1996 : Rome avec Olivier et Juliette, Palais Farnese, Conférence de presse. 13 janvier : Milan, nominations aux César. 14 janvier : retour à Paris. 20 janvier : reprise du montage du *Hussard*, version US. Février : discussions avec Nina Companeez de *Poussière* de Rosamond Lehmann. 21 février : Stockholm. 23, 24, 25 : mixage du *Hussard*, version courte. 2 mars : soirée des César. 7 mars : Prague. 30 avril : Israël, Tel-Aviv avec Claude Sautet. 5 mai au 18 mai : tournée à Toronto, Détroit, New York, Los Angeles. Fin août, début septembre : tournage de la pub Barilla avec Gérard Depardieu, début de conversation avec Jérôme Tonnerre sur la suite. »

20.

Je reprends mes lectures et discussions autour de nombreux ouvrages, mes notes et mes réflexions. Je confie une mission à Ariane Fert, j'ai le désir d'un film à intrigue, à mystère, le mot policier est réducteur, une aventure plus un amour. Ce qui sera la particularité de *Bon voyage*. Dans ses lectures, elle repère un livre de Ruth Rendell, *La Demoiselle d'honneur* : thème de la famille, une mère enfant de ses enfants, un fils entre ses sœurs et sa mère, qui tombe amoureux de la demoiselle d'honneur de sa sœur. Amour vénéneux. Qui pourrait jouer : Isabelle Carré ? Natacha Régnier ? Sandrine Kiberlain ? En juin 1997, tournée au Japon. Fin août, début septembre : tournage d'un clip pour Julien Clerc en Irlande.

Finalement, le prochain film, *Bon voyage*, m'est inspiré par des lieux. Lors de longues conversations avec Alexandre Adler, nous évoquons les quelques jours de 1940 pendant lesquels Paris s'est vidé de ses habitants. Je songe au *Paris qui dort* de René Clair. Au même moment, la ville de Bordeaux était surpeuplée, envahie par tous les importants de France. On se battait pour résider à l'hôtel Splendid. J'imagine une histoire dans ce Paris désert, mais que s'y passe-t-il ? Donc tout le monde est à Bordeaux, des gens de toute condition, un microcosme. Va-t-on rester là ou partir ? Toutes les histoires sont possibles à ce stade. Peu à peu, les raisons d'aller vers ce film s'accumulent. Il y a une urgence à cause de l'avancée des Allemands. Lorsque je travaillais avec Claude Sautet, il fallait toujours mesurer l'urgence de la situation. Dans une histoire, il me semble important qu'un chronomètre tourne. Je lis de nombreux documents sur cette époque. Avant l'entrée des Allemands à Paris, quelqu'un a eu l'idée saugrenue de vider les prisons parisiennes, de mettre les prisonniers dans un autobus pour les emmener en province, sur les routes de l'exode. La moitié d'entre eux s'est évadée entre Paris et Orléans ! Je me dis que ça pourrait être le début : un type en prison. Évidemment il a été accusé à tort et paye pour d'autres qu'il va tenter de retrouver à Bordeaux.

Au mois d'octobre de l'année 1998, je consulte Nina Companeez, nous parlons de 1940, je lis encore sur le sujet. Je déjeune avec Bertrand de Labbey et lui fais deux récits possibles, il opte d'emblée pour Bordeaux en 1940. Je décris la scène du restaurant avec gestes et dialogues. Il dit qu'il faut une dimension ludique.

Je note dans un nouveau carnet : « Novembre : centenaire René Clair à la BNF, rencontre Isabelle Carré et André Dussollier. 8 décembre : voyage chez Jean Vautrin, récit de l'homme en prison sur les routes, deux femmes, Bordeaux, Londres. Pourquoi est-il en prison ? 15 décembre : deuxième voyage chez Vautrin. On redit les mêmes choses, "il te manque l'affaire des ferrets dans *Les Trois Mousquetaires*", me dit-il. Janvier 1999 : discussion avec les uns et les autres, Babou, René Cleitman, Jérôme Tonnerre, Nina Companeez, Gérard Mordillat, Jean-Marie Besset. Je raconte à Babou, elle aime beaucoup la prison qui mène à Bordeaux mais pas le voyou de charme, référence à Belmondo, pas un personnage pour moi. En février, je donne l'archéologie du film à René Cleitman. En mars : nous réfléchissons avec Babou. Un début de film au Collège de France, un scientifique abusé par une assistante espionne, ou au contraire, une assistante abusée par un espion. Question : est-il en prison à cause de l'eau lourde ou pour autre chose ? Les avis divergent. » Dans le même temps je dîne chez Jean-Marc Roberts qui a invité Patrick Modiano, mon romancier préféré. C'est là que je fais sa connaissance, j'en suis très heureux. Il me demande : « Que faites-vous en ce moment ? » Je ne veux pas trop en parler pendant le dîner mais en descendant, sur le trottoir, je lui dis : « Si ça vous intéresse, on pourrait déjeuner. » « Oui avec plaisir, répond-il, vous m'en direz plus, je suis vraiment très intéressé par votre travail. » Lorsque nous déjeunons ensemble, je comprends qu'il a lu un article sur moi et pense que je prépare un film sur

Napoléon. « Ah mais non, je suis parti sur tout autre chose. » Et je songe que Bordeaux 1940 est beaucoup plus dans ses cordes. Il renchérit tout de suite, me raconte que c'est un sujet qui a déjà éveillé son intérêt, le train est parti de la gare d'Austerlitz en 1940 très tardivement, après minuit. « Est-ce que vous le saviez ? » Non, je ne savais pas. Ainsi, Modiano entre dans la ronde. Nous marchons dans le jardin du Luxembourg près de nos domiciles respectifs. Très vite, il signera un contrat avec René.

On appelle pour l'instant le personnage principal masculin « le jeune homme ». Je pense au narrateur de Patrick dans *Quartier perdu* ou *Dimanches d'août* que j'avais voulu adapter. On évoque un amour impossible, l'héroïne mènerait une vie complètement dissolue, lui, aveugle, ne voudrait pas le savoir. L'idée d'un type accroché à une femme qui est sa perte, et qui essaie toujours de la sauver, apparaît très vite. Puis celle de deux enfants en province – ce à quoi je peux m'identifier facilement. Lui est encore peu défini mais elle devient, de façon assez modianesque, mi-figurante, mi-femme entretenue. Finalement, je la voudrais actrice, pourquoi pas une star ? Il débarquerait chez elle, un appartement extraordinaire, un peu hollywoodien. Après *Cyrano*, sorte de one-man show, puis *Le Hussard*, dans lequel deux personnages traversent un pays ravagé par une épidémie, j'ai envie d'élargir, et je commence à imaginer une sorte de ronde de personnages. Lui se serait évadé grâce à un voyou, on retrouverait ensuite le voyou cherchant à séduire une fille qui prendrait de l'importance. Le personnage serait pris entre les deux femmes, l'actrice qui fait son malheur et la deuxième qui est son avenir. L'actrice deviendrait la maîtresse d'un ministre. Ce qui se trame à Bordeaux raconterait la chute d'une nation, et la politique jouerait un rôle important. Puis vient la péripétie de l'eau lourde. J'avais lu que l'équipe du Collège de France était arrivée à Bordeaux avec des bidons dans une voiture personnelle. Je voudrais les remplacer par des bonbonnes afin qu'on puisse visualiser l'eau lourde, ces 187 litres arrachés à la Norvège, seul stock au monde à cette période. Je pense aux *Enchaînés* d'Alfred Hitchcock, mais aussi au film de Fritz Lang, *Cape et poignard*, avec Gary Cooper qui joue un savant. On se dit que la jeune fille doit être scientifique, rigoureuse, le contraire de l'autre, et qu'elle a un regard sur la décomposition de la classe politique qui finit par doper le garçon.

Modiano écrit une longue nouvelle de cinquante pages où il y a déjà tous les personnages. Je commence à m'atteler au scénario avec Jérôme Tonnerre. J'implique également davantage mon fils Julien, je commence à l'appeler régulièrement à chaque fois que j'ai une nouvelle idée ou une interrogation. Le personnage doit-il faire ci ou ça ? Pourrait-il entrer par ici, ou par-là ? Puis se succéderont de nombreuses et infinies discussions dans mon bureau ou en Bretagne. Julien se retrouvera ainsi scénariste du film aux côtés de Jérôme Tonnerre et de Gilles Marchand.

Pendant l'été, chez nous, à Saint-Lunaire, je rédige une première version du scénario. En octobre, nous faisons une lecture avec Tonnerre et Modiano qui en bon érudit corrige les fautes. Nous dînons. Qui pourrait jouer Viviane ? Vanessa Paradis ? Je déjeune avec Claude Sautet qui a lu, il me dit : « Lance-toi et pense à Lubitsch. » Je viens de voir *Harry, un ami qui vous veut du bien*, le scénario me plaît. Je consulte Gilles Marchand. Ses réflexions sont très justes, au bout de quelques jours, il me dit : « Je suis accro à ce scénario ! » Je refais un tour de piste avec lui, ce qui nous amène à un scénario définitif en décembre. Julien est la mémoire de tout ce qui a été dit et écrit. René Cleitman a suivi toutes les étapes de développement. Mais il lui arrive un malheur professionnel : il produit *Don Quichotte* de Terry Gilliam, une catastrophe industrielle, qui s'arrête au bout de trois jours de tournage... La catastrophe se répercute sur mon film, je reste plusieurs mois dans le flou jusqu'à ce que deux autres producteurs, Michèle et Laurent Pétin, lisent le projet par hasard et m'appellent, me disant que ça a un charme fou ! C'est reparti ! Je suis envahi d'un sentiment de frénésie, je vois le film. Ses espaces, ses décors. L'hôtel, l'aube, la plage, Paris vide. Je fais des croquis représentant les scènes, élabore des tableaux. Je discute avec beaucoup de personnes successivement, puis j'ai besoin de m'isoler pour écrire les séquences, ma mise en scène est déjà comprise dans l'écriture. Jérôme Tonnerre me dit : « Pourquoi écrivez-vous tout ça ? Peut-être qu'ensuite ça ne sera pas gardé. » Je ne peux pas faire autrement. J'ai besoin du crayon.

J'entre dans le détail. Quand il pousse la porte, est-ce lui qu'on voit ? Ou elle ? Je suis le conseil de Claude. Je pense à Lubitsch.

Je ne peux écrire que ce qui est filmable. Je ne pourrai pas écrire : en attendant, il va au bar, prend un verre, feuillette quelques journaux… Je me dirais sans cesse, que se passe-t-il ? Que voit-on ? Je suis à la recherche d'une énergie. Dans chaque prise, pas forcément de l'action, mais quelque chose sur le feu, en suspens, dont on attend la résolution, des regards… Ainsi, ce groom qui se recoiffe avec un plateau de petit déjeuner devant la porte de l'actrice, ce n'est pas une improvisation ! Je l'ai prévu au découpage. Je dis à l'acteur : « Bien entendu vous êtes ému, c'est une grande actrice, vous vous peignez avant d'entrer. » « Mais, me demande-t-il, qu'est-ce que je fais de mon plateau ? » On y repense, il le met en appui sur la poignée de la porte. Si dans un plan, il ne se passe rien, il peut être enlevé au montage. J'anticipe les remarques de ma monteuse : « À quoi sert ce plan ? » Le langage des portes est absolument capital. Le film comptera environ mille quatre cents plans qui tous comptent. Tous les plans tournés seront donc montés.

Frédérique Moidon se remet au travail pour le casting. Je rencontre Karin Viard, Mathieu Kassovitz, Vincent Lindon, Emma de Caunes, Anna Mouglalis, Alain Chabat, Élodie Bouchez, Marion Cotillard, Éric

Caravaca, Audrey Tautou. Nous faisons une lecture avec Sophie Marceau, des essais avec Marie Gillain, Virginie Ledoyen, Laetitia Casta, Grégori Dérangère. Sophie Marceau nous annonce qu'elle est enceinte. Arrivent Isabelle Adjani et Gérard Depardieu.

Le tournage de *Bon voyage* débutera à Mimizan le 17 juin 2002. Je rencontre Benoît Theunissen, grand chef machiniste, inventeur de nouveaux matériels. Devenu plus tard un grand steadicamer, je le retrouverai en 2014 pour *Belles familles*, il accélère mon temps de tournage grâce à sa technique. Ma scripte, Chantal Pernecker, a succédé à Babou pour le découpage. Ayant compris que le film existe plan par plan dans ma tête, elle se considère sur le plateau comme la gardienne du temple découpage. Elle rappelle sans cesse aux techniciens mes intentions, d'où des éclats auxquels je n'assiste pas mais dont j'ai vent quand ils essayent de proposer autre chose.

Le travail fait avec ma scripte est essentiel pour trouver la pulsation. Il faut savoir anticiper pour qu'une scène pulse. Accolée à la suivante qui pulse aussi, elles finissent par former le train du récit en route. Sur le plateau, je suis tellement impliqué que, derrière la caméra, je me balance, ondule, joue avec mes acteurs. Sur *Cyrano*, pendant une séquence, Depardieu s'était interrompu en pleine action. « Coupez ! Que se passe-t-il, Gérard ? » « Je ne sais pas, à toi de me dire, tu as arrêté de bouger, m'avait-il répondu. Ça ne va pas ? » Effectivement, il avait oublié un vers !

Les acteurs avec qui j'ai déjà travaillé connaissent ma méthode. Yvan Attal, nouveau venu, a un peu de mal au début à entrer dans un univers où tout a été réfléchi à l'avance, avec une rythmique de paroles précise, des dialogues qu'on peut à peine changer. Puis, peu à peu, il comprend que ce qui est écrit sert son personnage. Il me dira plus tard : « J'ai cru que j'avais affaire à un fou ! » Il deviendra meilleur que tout le monde à ce jeu-là !

Pour aménager le plan de travail, cela facilite les choses, je peux commencer par n'importe quel bout, je suis prêt. Puis la monteuse apporte sa patte, essentielle ! C'est la dernière scénariste, en quelque sorte. Même si je crois avoir pensé à tout, il y a toujours des imprévus. « Et si on mettait ce plan-là avant ? » Le montage est un moment de calme et de plaisir où le film s'affine. *Bon voyage* est le film de la chute d'une nation, la fin d'une aventure de mille ans. La France n'a jamais connu une chute pareille dans toute son histoire. Au centre du film, il y a le décor à l'hôtel Splendid. Nous ne l'avons toujours pas alors que le tournage approche. Nous le trouvons finalement, ironie du sort, à Vichy ! Nous voilà donc embarqués pour tourner à Vichy l'aventure de Bordeaux ! Qui plus est dans un des hôtels de la collaboration. Le palace où nous tournons est le Thermal Palace, à deux cents mètres de l'hôtel du Parc, siège du gouvernement Pétain. En face de l'hôtel : l'opéra de Vichy, où les parlementaires ont signé la mort de la IIIe République le 10 juillet 1940, et donné les pleins pouvoirs à Pétain. Étrange impression pour moi de tourner sur le territoire où se jouait le drame d'une nation, alors que j'avais huit ans et que j'étais réfugié à deux départements de là, dans l'Aveyron. Ma famille est un peu dans le film, dans les costumes, les voitures, les toilettes des femmes, je pense à celles de ma mère et de ma tante Marcelle, les costumes des hommes, trois-pièces à gilet, comme ceux de mes oncles et de mon père. Je savoure la magie des lieux, le puzzle des décors reconstituant un Bordeaux imaginaire à Vichy, la marqueterie, la mosaïque, les étages et les chambres de l'hôtel Raphael, à Paris, les rues, le vrai Bordeaux plus le quartier du Palais-Royal à Paris, la rue des Carmes et l'immeuble à Saint-Denis, la préfecture de la Gironde, le lycée de Bordeaux, Jacques Decour à Paris, l'aérodrome dans l'Oise, le pont de pierre vide à Bordeaux filmé un dimanche depuis le toit de la caserne, les premiers jours dans les Landes, puis à Arcachon. Je suis enchanté par le couple du savant et de son assistante, Virginie Ledoyen, divine avec sa queue-de-cheval, sa jupe grise, son corsage blanc et sa veste en tricot. Jean-Marc Stehlé, à la fois grand scénographe et comédien, est idéal pour mon professeur Kopolski, double de Kowarski dans l'aventure réelle sur les routes de l'exode, avec son visage buriné, comme sculpté, son regard, sa voix magnifique à l'accent indéfinissable, et son look signé Catherine Leterrier, costume trois-pièces, nœud papillon et feutre à bord roulé. Michel Vuillermoz, rencontré pour *Cyrano* à sa sortie du Conservatoire, devenu treize ans plus tard un acteur extraordinaire avec un physique et une voix uniques, a créé un personnage avec monsieur Girard, nom de mon professeur d'anglais du lycée : en quelques répliques, il a une allure, une démarche, l'œil affolé. Depardieu est parfait en ministre avec ses cheveux plaqués à la Jacques Chirac. Lors de la scène du bureau avec Isabelle Adjani – « on arrête les mensonges ! » – ou dans la boutique de gants, tous les deux sont hilarants.

La foule qui tourne sur place dans le hall de l'hôtel Splendid nécessite une gestion haut de gamme de la figuration. Mes assistants font un travail exceptionnel, deviennent presque plus maniaques que moi ! Stéphane Gluck a une technique pour organiser les croisements dont je raffole. Il fait reculer ou avancer le départ de chaque figurant en fonction du croisement. Selon le résultat des premières prises, on ajuste ces points de départ, parfois de quelques centimètres… Cent cinquante personnes ont un rôle à jouer ! Je dis à Modiano : « Ce sera l'histoire de gens qui chuchotent dans la foule. » Le deuxième assistant, Roger Delattre, invente avec passion des biographies imaginaires pour chacun des figurants, il leur explique les raisons de leur présence : « Vous êtes la fille d'un notaire de Limoges, vous cherchez votre mari dont vous êtes sans nouvelles depuis deux jours, vous êtes journaliste ! » J'éclate de rire en regardant les rushes, seul, un dimanche matin. « Mon nom est comtesse Roberti. » « Ça ne me dit rien, madame. » « J'exige de parler au directeur ! » J'aime profondément cette histoire appuyée sur la grande histoire où l'on traverse la France du nord au sud par amour, et, accessoirement, pour sauver sa vie ! La scène du train est aussi primordiale, ce fameux dernier train à quitter la gare d'Austerlitz, référence à *Casablanca* ! Pendant la préparation, nous avons trouvé le même wagon, unique, dans un hangar de la SNCF porte de la Chapelle. Le mouvement est au cœur de la séquence alors que le wagon ne bouge pas. Dès le premier plan, à travers la vitre, quand les poteaux défilent. Le personnage de Grégori Derangère cherche une femme, il la voit soudain telle une image de la France vaincue. L'ensemble des effets, grâce à la photographie de Thierry Arbogast et aux décors de Jacques Rouxel, reflète exactement ce que j'ai connu enfant, dans un train de nuit venant d'Aix-les-Bains, pendant l'Occupation. Avec mes parents, mon frère et ma sœur aînée, nous avions passé la nuit dans les toilettes. Comme dans l'horlogerie, chaque séquence est un assemblage de pièces qui ont chacune leur mouvement et qui s'entraînent les unes les autres.

Le montage se déroule rue Jean Mermoz en janvier. À la fin de l'hiver 2003, il se termine, et le 31 janvier, la naissance de Basile, mon premier petit-fils, est un événement. Les prémix commencent début février. Pour la musique, je retourne voir Gabriel Yared que j'avais rencontré au moment de *Cyrano*. À l'époque, ça n'avait pas marché entre nous. Il me dit : « C'était de ma faute, je n'ai pas su vous écouter. » Cette fois, il est très attentif à mes demandes, je vais le voir à Londres où il travaille, il me propose des choses qui me plaisent beaucoup.

Nous enregistrons cinq jours dans les studios Abbey Road avec les musiciens de l'orchestre symphonique de Londres. Un moment magique ! Mais lorsque je reviens à Paris avec les bandes, l'équipe de montage fait grise mine en les écoutant. « On n'a pas besoin de tout ça ! Il faut en retirer », s'exclament-ils. Je me braque, tiens bon et obtiens gain de cause. Je continuerai à aimer la musique de Gabriel Yared chaque fois que je la réécouterai par la suite. La première projection du film est pour Gilles Jacob, le président du Festival de Cannes. Il m'avait fait une visite surprise pendant le tournage sur le plateau d'Épinay, ce qui m'avait beaucoup touché. Nous déjeunons ensemble après la projection. Le film l'emballe, il ne fait qu'une remarque : « Pétain n'est pas ressemblant alors que de Gaulle, c'est tout à fait ça ! » Nous rechercherons d'autres prises dans les rushes et trouverons un autre plan du maréchal qui conviendra mieux. Puis Gilles Jacob s'exclame : « Pour Cannes, choisissez entre l'ouverture du festival, la compétition, ce que vous voulez ! » Thierry Frémaux, le délégué artistique du Festival, verra le film à son tour et me tiendra le même discours enflammé ! Que se passe-t-il ensuite entre mes producteurs, les Pétin, et le Festival ? Je ne le saurai jamais vraiment, Jacob me dira seulement : « Vous avez de drôles de producteurs. » J'apprendrai que Luc Besson, qui a produit le remake de *Fanfan la Tulipe* et obtenu les meilleures salles de France pour sa sortie avant Cannes, a proposé à mes producteurs de leur céder ses dates en échange de l'ouverture de Cannes.

« Un boulevard pour le film », a-t-il dit. Michèle et Laurent Pétin ont accepté et diront ensuite avoir toujours regretté leur décision. *Bon voyage* sort donc le 16 avril en France. Il ne va pas à Cannes. Entre-temps, pour d'obscures raisons, Adjani s'est fâchée à mort avec les Pétin. Elle ne fait aucune promotion et disparaît du paysage. Virginie Ledoyen et Grégori Derangère sont seuls à l'avant-première au Normandie. Pendant la projection, j'aperçois Depardieu, son casque de moto sur la tête, surgissant d'une entrée. Il jette un œil sur la salle et disparaît. Les critiques seront très bonnes et me rendront heureux, surtout celle du *New York Times* : « Un triomphe d'ingéniosité narratif. » À Los Angeles, le journal titre : « *Bon voyage*, un joyau étincelant, une grande aventure et une grande comédie. » Claudie et moi partons pour la Toscane, loin du stress de la sortie. Je présenterai le film dans de nombreux pays, au Canada, Toronto, au Japon, Tokyo, Yokohama, aux États-Unis, New York, Miami, Détroit, Washington, Denver, San Francisco, Chicago, Los Angeles…

À notre retour, Claudie et moi plongeons dans une affaire qui nous occupe énormément, nous faisons des travaux dans la maison de Saint-Lunaire ! Je décide de la transformer de fond en comble. L'entreprise me passionne, je collabore de façon très étroite avec les entrepreneurs, j'engage une assistante. Chaque semaine, nous prenons le train pour la Bretagne et honorons les rendez-vous de chantier. J'entre dans les détails, mon perfectionnisme se réveille, comme pour la création de notre appartement à Paris. Le parallèle avec la fabrication d'un film est évident, j'imagine très vite ce que cela pourrait donner. Après la conception globale, je choisis les moindres accessoires, par exemple, j'achète moi-même les boutons des placards !

21.

Quelques semaines après la sortie de *Bon voyage* en France, je suis invité à un festival de cinéma au Caire où le film va être projeté. Avant la projection, un cocktail est donné à l'ambassade de France. Une terrasse, cadre habituel des réceptions, dans l'après-midi finissant. Le jardin descend jusqu'au Nil, mais la masse des arbres empêche de voir le fleuve. On le devine, dans le fouillis des branches. Une délégation est arrivée le matin même de Paris pour l'ouverture du festival. Petits fours sous les palmiers. Début de lassitude chez les invités debout depuis l'aube. La lumière tombe, les conversations s'effilochent. Pas celle que j'ai depuis un moment avec une jeune femme venue de Port-Saïd pour la circonstance. Elle travaille au bureau de l'Alliance française, récemment créée. C'est son premier poste à l'étranger après plusieurs déconvenues à Paris. Elle les raconte avec drôlerie, et je me garde de l'interrompre. Soudain, elle lance vers le ciel un regard inquiet. « Je vais vous laisser, dit-elle, il faut que je parte. » « Quoi ? Maintenant ? »

« Il est tard, je dois rentrer. » « À Port-Saïd ? » Je crois qu'elle plaisante. « Vous avez le temps ! » Mais déjà elle s'agite. J'essaie de la raisonner. « Le festival commence à vingt et une heures, restez au moins pour le film. » « Parce que c'est le vôtre, c'est ça ? » « Oui c'est le mien, ça me ferait plaisir que vous le voyiez. » « J'irai le voir en salle, je vous le promets, mais là maintenant ce n'est pas possible. » « Mais pourquoi ? Vous partirez après ! » « Non ! » Elle m'explique qu'à cette heure tardive, la route le long du canal de Suez est dangereuse, elle ne roule jamais seule la nuit dans ce pays après le coucher du soleil. Elle ne verra pas *Bon voyage* ce soir-là. Elle ne doit pas être loin d'arriver à Port-Saïd quand la projection du film commence dans la grande salle de l'Opéra. *Bon voyage* a été tourné en cinémascope, format peu compatible avec l'écran installé provisoirement à la place d'un rideau. Dès le générique, je manque de m'étrangler. Les images sont coupées à droite et à gauche, elles ondulent sur les colonnes dorées qui encadrent la scène. Comment arrêter ça ? Trop tard. Je ne peux pas crier. Je me lève comme un fou en bousculant la rangée de genoux qui m'entourent et sort de la salle au pas de course. On me dira plus tard que mes protestations dans les couloirs s'entendaient jusque dans la salle. On parvient à me calmer, quand des éclats de voix jaillissent de la cabine de projection, une vive querelle au sujet de la technique entre les projectionnistes. Le film, amputé de ses images latérales, va tout de même tranquillement jusqu'à son terme. Dès le lendemain, je quitte Le Caire. Dans l'avion, je songe à la jeune femme de l'ambassade et à une histoire qui s'inspirerait de sa vie.

Quelque temps plus tard, je croise l'écrivain et scénariste Tonino Benacquista, qui vient d'emménager derrière chez moi. Nous prenons un café, et faisons connaissance. J'ai beaucoup apprécié son travail pour le film *Sur mes lèvres* de Jacques Audiard. Nous décidons de nous voir régulièrement afin d'explorer des pistes d'inspiration. Entre deux sauts en Bretagne pour l'avancée des travaux de notre maison, j'évoque mes envies anciennes d'un territoire empli de familles, de maisons… dans le Morbihan, mais cela pourrait être aussi dans la France profonde souvent évoquée, à Aubusson, mon terme générique pour dire la province française, le retour à la maison.

Un homme mystérieux reviendrait dans la maison de son enfance. Dérapages de discussions vers *Gatsby*. Tonino aime beaucoup Fitzgerald. Gatsby cherchant à reconquérir Daisy. Conversation autour de la reconquête. Tonino dit : « Passer par un nouvel amour pour aller vers celle que l'on a toujours aimée. » Très vite, flotte la pensée d'un voyage à deux, vers où ? Qui est le héros ? Nous abandonnons pendant un temps le voyage à Aubusson pour une aventure, proposée par Tonino, entre un paparazzo et une call-girl. La peur des sentiments, le cynisme d'aujourd'hui, la reconversion et la rédemption à travers un sentiment amoureux. Il a une idée assez précise de la construction et des développements possibles. Je résiste cependant à une héroïne call-girl, malgré Sandrine Kiberlain formidable dans *Les Patriotes* de Rochant. Tonino finira par faire de cette histoire une bande dessinée appelée *L'Amour cash*.

Je finis par parler à Tonino de l'histoire de cette jeune femme partant le long du canal de Suez au Caire. J'explore une intrigue autour de la vie de cette dernière. Un premier poste loin de chez elle. L'idée lui plaît.

J'en parle à un producteur qui s'enflamme : « Il y a déjà des images de cinéma dans votre récit, écrivez quelque chose. » Pourtant, je n'ai pas très envie de tourner au Caire, je songe à un pays lointain, en Asie centrale, une petite voiture serpentant dans la steppe. Une partie de l'histoire se passerait en Kirghizie.

Pour la première fois, je suis prêt à signer un contrat alors que le scénario n'existe pas. Souffrant toujours du fameux « gap » que Perec voulait réduire, le moment est peut-être venu de changer de méthode pour accélérer mon rythme. De plus, je me sens soutenu. On devrait y arriver. Je ne peux pas reculer. Je suis payé pour livrer un scénario. Il faut livrer !

Dès lors, je m'attelle au scénario avec mon fils Julien et Gilles Marchand. J'avais déjà collaboré avec eux sur *Bon voyage*. Je travaille sans cesse. Seul le dimanche est consacré à Basile, mon petit-fils, mon ami du week-end !

Ça prend forme. Je suis ravi. Une histoire d'amour sur fond d'espionnage. Une jeune femme travaillant dans une ambassade. Un homme en rupture, une enfance, une mère partie en province qu'il retrouvera.

Malheureusement, pour des raisons budgétaires, ce projet ne verra pas le jour.

Ça ne m'est jamais arrivé. Je connais un vrai moment de dépression. Je rencontre Binoche au festival Lumière, à Lyon, lui raconte mon film abandonné. Elle est désolée pour moi. Sincèrement. Elle semble si frappée que c'est moi qui finis par la réconforter.

Jusque-là, je ne me suis jamais soucié du budget de mes films, mais je viens de me cogner au mur de l'argent. Le cinéma en France a changé, auparavant rien ne paraissait trop beau pour un film. Certains des miens ont été de grands succès, ce qui justifiait l'investissement. Je songe à *Cyrano*. J'ai eu des illusions sur ce que je pouvais faire, je pensais naïvement pouvoir être financé sans difficulté. Je réalise ma chance d'avoir rencontré de grands producteurs comme René Cleitman, Alain Poiré, Raymond Danon. Que faire maintenant ? Qu'ai-je en magasin ? Comment modérer mes ambitions visuelles ! Une fois de plus, je repense au retour à la maison jamais exploité.

Un homme qui roulerait vers le Midi avec une fiancée et qui, à mi-chemin, quitterait l'autoroute, s'enfoncerait dans la France profonde, pour montrer à la jeune femme sa maison d'enfance à Aubusson !

J'ai évité longtemps ce retour en province qui me paraissait trop simple, sans événements tels que la guerre, la Révolution, l'espionnage, dans lesquels inscrire des histoires intimes. Le moment n'est-il pas venu d'aborder franchement le pays d'où je viens ? Les souvenirs d'un passé apparemment trop lisse ? Je songe au titre de mon premier film en seize millimètres : *Un garçon bien sage*. Dois-je me confronter à des événements simples ? Je n'ai qu'à puiser dans mon histoire familiale ou celles d'autres familles proches, là-bas. « Là-bas » a d'ailleurs été longtemps le titre du film. Au cœur de tout est évidemment la maison. La maison sous les arbres. La vraie, celle où j'ai vécu, n'existe plus, ni les arbres, qui ont été rasés ! Elle a été remplacée depuis longtemps par un immeuble en béton, sorte de monolithe tombé du ciel. Et pourtant, elle perdure dans ma tête, avec une précision totale, les bruits, les odeurs, les couleurs. Je connais le nombre de pas qu'il faut pour passer d'une pièce à l'autre, le nombre de marches à grimper dans l'escalier. Le challenge est là : faire de mes souvenirs un spectacle, émouvoir les spectateurs sans recourir au débarquement en Normandie ou à la prise de la Bastille ! Intéresser avec une lettre perdue, un flirt au bord du canal, le bruit de râteaux dans le gravier des allées, bref des petits riens… Créer une autobiographie imaginaire. « Fidèle, je suis resté fidèle à des choses sans importance pour vous », chantait Charles Trenet.

22.

Je déjeune avec Tonnerre, il m'assure qu'il est là pour m'aider à rebondir. Il me présente Jacques Fieschi. Ce dernier adore aussitôt l'idée d'une embardée avec une compagne vers une maison de province où le héros a vécu enfant. Décision de nous rencontrer à nouveau tous les trois pour explorer cette piste. Jacques Fieschi voit déjà Sandrine Kiberlain assise dans le jardin sur une chaise en fer. La fiancée du héros a un coup de fatigue. Nous nous retrouvons pour une première séance, un matin, boulevard du Temple, et sabrons le champagne ! À cette heure-là, la tête me tourne vite. Quelques autres rencontres dans d'autres restaurants suivront. Le vin rouge remplace le champagne, on tourne en rond autour de la scène primitive, un homme se retrouve dans son ancienne maison, et après ? Je travaille avec Julien. Qui est la femme qui l'accompagne ? Sandrine Kiberlain laisse la place à une Américaine. Puis, je propose que l'Amérique laisse la place à la Chine, plus ancrée dans l'actualité, je veux évoquer la mondialisation. Le personnage s'appelle Jérôme, il découvrirait un conflit familial autour de l'immobilier familial, en fait, un conflit successoral. Qui hérite du père disparu ? Retrouve-t-il un amour de jeunesse ? J'écris vingt-cinq pages qui s'intitulent : *Retour à Ambray*. Philippe Le Guay entre à son tour dans la danse. Il ne rencontre pas Julien, leurs consultations se croisent, dispersées. L'apport de Philippe concerne le fantôme du père. L'amour de jeunesse, Louise, est-elle la demi-sœur de Jérôme ?

Je note : « Mon idée de départ : la rencontre d'une femme mystérieuse lors d'une visite dans une ancienne maison. Jérôme est venu pour montrer à sa compagne sa maison d'enfance ou bien l'idée d'une étape à Aubusson vient de sa compagne chinoise qui veut connaître sa ville natale ? Y va-t-il à contrecœur ? Ne tournons pas autour du pot. Le sujet est : qu'arrive-t-il entre Jérôme et Louise, la femme d'Aubusson ? Est-elle une ancienne fiancée ou bien une inconnue mariée à un ami d'enfance ? Sentiment que la maison doit jouer un rôle plus important que celui du simple décor. »

Autre côté du carnet : résumé de films, de livres, mots de Kubrick : « Un film devrait être plus proche de la musique que du roman, il doit être une suite de sentiments et d'atmosphères. » Mots de Tim Burton : « On a beau aller où on veut, l'endroit où on a grandi ne vous quitte jamais. »

Notes pour moi-même : « Il faut beaucoup de travail, lourd et lent, pour aboutir à la légèreté, à la grâce.

Modiano parlait de mes arabesques et disait : “C’est ton serti invisible.” Un terme de bijoutier pour certaines pierres, on ne doit pas voir comment elles tiennent. Une scène ne doit montrer que les sentiments qu’elle exprime. Ne pas sentir l’effort, le bâti de la couturière ! La grâce, c’est le mouvement. Tempo et énergie. Pour les obtenir, les scènes versent les unes dans les autres. La mise en scène, c’est être à la bonne place tout simplement. Les sentiments passent par les déplacements, les positions de chacun. Si le déplacement est juste, le sentiment est juste et se répercute sur le spectateur. »

Assez vite s’est imposée l’idée que cette province ancienne des années 1950 devait s’inscrire dans le monde d’aujourd’hui, que la compagne du héros devait venir d’ailleurs. La Chine, Shanghai ! Il revient avec celle avec qui il a fait sa vie, mais la province qu’il a connue n’est plus la même. La ville ancienne est cernée par les tours sur la colline et par les zones commerciales. Le héros et sa compagne ne sont là en principe que pour quelques heures. La conclusion d’un contrat les attend à Londres avec un groupe anglais. Une comédie sur la mondialisation ! Le challenge : s’avancer pas à pas dans le récit comme Jérôme s’avance vers la maison entre les arbres. On ne sait pas ce qu’il va y faire et on ne sait pas non plus où va le film. Pas de début en fanfare. Les personnages apparaissent peu à peu avec leur vie, leur passé, on s’attache à eux, leurs destins se recoupent, leurs faiblesses nous touchent. Le festival final de musique rassemble les éclopés de la vie en farandole !

La Vie de château, *Les Mariés*, *Le Sauvage* avaient une direction. Ici volonté d'être plus impressionniste, mais, néanmoins, préserver mon travail sur le rythme, la musique des scènes, là plus que jamais, car le film va vers une véritable séquence musicale. Un défi pour moi qui ai longtemps décrit un scénario comme une stratégie de l'attention. Les scènes succédant aux autres, avec à l'arrière-plan, une attente de quelque chose de non résolu qui nous maintient en éveil. Surprendre avec ce qu'on attend… Or là, on reste longtemps sans savoir ce qu'on attend, et, je l'espère, on ne lâche pas ce fil narratif.

Dans le film, le conseil d'administration de Londres représente les restes de l'entreprise de travaux publics dirigée par mon grand-père. Il y a le retour à l'ancienne maison d'Aubusson, qui est devenu Ambray, celle que la famille habitait pendant la guerre, la superposition de deux époques dans un même lieu. Au cours d'une de nos longues et anciennes discussions, Alain Cavalier, mon plus ancien ami, m'avait dit : « Je ne comprends pas pourquoi tu cherches des sujets, alors qu'avec la maison d'Auxerre, tu as tout ce qu'il faut. Il s'est passé tellement de choses extraordinaires dans cette fratrie ! » Ce que j'aime dans *Belles familles* : tout est là, tout me rappelle quelque chose, mais rien n'est frontal. Par exemple, l'image de mon père, qui, comme dans le film, paraissait mutique, ou presque, parlant très peu, sauf dans ses moments de colère. Une menace au repos, car la violence pouvait survenir brusquement, dirigée contre nous six, moi, mes sœurs et mon frère. Je suis le deuxième enfant et le premier fils. Nous avons grandi, tous les six, dans un monde en deux parties, comme dans le film, celui de mon père et celui de ma mère. Avec, entre les deux, la campagne française.

J'ai cherché, autour d'Aubusson, l'histoire d'un clan. Le modèle était dans ma propre famille, les antagonismes entre les Bornhauser, nés à Weinfelden en Suisse allemande. L'embardée nous mène dans la ville natale de Jérôme, il renouerait avec son passé. Brusquement, tout craquerait comme la montagne au début d'une avalanche. Il serait confronté à un différend ancien auquel il ne comprendrait rien. Décrire la paix avant la guerre dans la famille. Tout ce qui est raconté a un lien avec moi mais rien n'a de relation avec ma véritable vie. Juste des correspondances. Un roman familial imaginaire. Je veux que la ville soit aussi imaginaire, on tournerait dans plusieurs lieux.

Quand je retourne dans la ville où je suis né, je ne reconnais rien, je traverse les zones commerciales infinies, et je vois des tours sur les collines qui entourent la ville, comme celles qu'on voit dans le film. Je veux montrer la France d'aujourd'hui, mais aussi celle d'hier, une province des années 1950 dans le grand bain de la mondialisation. Les moyens de communication modernes doivent jouer un rôle. Bertrand Tavernier dira en voyant le film : « C'est la première utilisation du portable comme Feydeau l'aurait fait ! » En avançant dans l'écriture, je vois bien que cela ne va pas démarrer sur les chapeaux de roues, qu'on va entrer progressivement dans des ambiances, par couches successives. Ces ambiances finiront par faire sujet. Le climax du film est ce festival de musique, autour du concerto pour piano de Schumann, un final presque comme à l'Opéra que j'aime tant.

Les versions se succèdent avec Julien, avec Philippe Le Guay. Je rencontre des acteurs, Guillaume Canet à qui je propose l'association avec Gilles Lellouche. Puis Léa Seydoux, je sens que le personnage de Louise sera décisif dans l'histoire. Elle arrive, retire son bonnet qui fait apparaître sa chevelure bleue – celle qu'elle aura dans *La Vie d'Adèle* qu'elle va commencer à tourner. Je suis sous le charme. Je me lance dans mon récit. Elle m'arrête vite : « Ce n'est pas la peine de me raconter tout, je le fais, c'est sûr ! » Moment de grâce. Je revois Guillaume Canet. Après avoir lu le scénario, il me confie que le sujet du film le touche de trop près. Bref, c'est non ! Rendez-vous avec Gilles Lellouche au Flore, il comprend mal le personnage. C'est non aussi. Assis en face de lui sur la banquette, accablé, je n'arrête pas de murmurer : « Merde merde merde. » Il acceptera le film, finalement. Puis je vois André Dussollier. Il comprend tout de suite qu'il s'agit d'un retour sur mes années de jeunesse en province. Provincial lui-même, cela le touche. Le scénario lui plaît beaucoup. Rencontre avec Dujardin. Malgré ses déclarations chaleureuses à mon sujet dans la presse, je sens que ça ne donnera rien, il a d'autres projets. Rencontre avec Fanny Ardant au

Lutetia, quel charme ! Moment délicieux, mais elle ne veut plus jouer les bourgeoises. Coup de téléphone de Catherine Deneuve à qui j'ai fait poster le script, je perçois une gêne dans sa voix. En fait, elle n'aime pas le scénario et le rôle de Suzanne ne lui plaît pas.

Heureusement, je revois Mathieu Amalric au Café de Flore, bonheur et enthousiasme, puis Karin Viard qui arrive en courant sous la pluie : « Je traverserais Paris pour vous ! » Je suis revigoré. Je dicte une version finale du scénario. Fidélité Productions est maintenant ma maison de production. Lors d'une réunion, je sors une fiche avec les durées de tournage de tous mes films afin d'établir un plan de travail réaliste. Ils font mine de tomber des nues.

« Vous vous rendez compte des durées de tournage dans ces temps-là ! » Fin de réunion en queue de poisson. Ils veulent que je tourne en quarante jours. Comment est-ce possible alors que mon tournage le plus court, celui de *La Vie de château*, s'est fait en soixante jours ?

Néanmoins, la préparation se met en route en cahotant, s'installe chez Fidélité, rue Jean Mermoz. La longueur du tournage est au cœur de tout. L'atmosphère est funèbre. Je me rends à une avant-première au Biarritz du film de Frédéric Schoendoerffer, *96 heures*, produit par les Pétin. En les voyant, je prends l'air encore plus abattu que ne le veut la situation. « Envoyez-nous votre scénario, me disent-ils, et voyons-nous. » Je dîne avec eux dès le lendemain. Ils sont emballés et brûlent de reprendre le film. Quatre jours plus tard, je revois Léa Seydoux au Lutetia. Deux ans après notre première rencontre, elle dit avoir relu et se sentir trop vieille pour le rôle de Louise. *La Vie d'Adèle* a évidemment changé son statut et James Bond n'est pas loin !

Coup de tonnerre chez Fidélité ! Plus d'actrice principale ! Au même moment, les Pétin interviennent. Michèle trouve que le refus de Léa est une bonne nouvelle. Elle voit une actrice plus jeune et moins célèbre. Nous engagerons Marine Vacth. Les jours passent, et je décide de quitter Fidélité, retrouver un peu d'enthousiasme en changeant d'adresse.

Le film sera comme je l'ai voulu, plus impressionniste que les précédents, plus musical dans la mise en scène. Pas de prise de la Bastille, pas d'attaque du mur de l'Atlantique mais des choses plus douces. Il me plaît qu'on ne sache pas très bien où l'on va, qu'on soit dans l'attente. Chaque scène doit avoir sa couleur, sa drôlerie, son interrogation. Pendant qu'on goûte une séquence, dans le même temps, inconsciemment, on sait qu'il y a derrière une autre histoire qui fait avancer le film. Une scène n'est qu'un élément du puzzle. On regarde la pièce tout en sachant qu'on est en train de bâtir un ensemble. Et pendant un temps, on ne sait pas quelle sera la grande figure du puzzle. Je suis en terrain familier. Les personnages ressemblent à des gens que j'ai connus, les petites et les grandes aventures sont arrivées à unetelle ou untel, à moi, et à d'autres. Il ne s'agissait pas d'inventer à tout prix. Mathieu Amalric exprime une pensée rien que par sa présence, une pensée en mouvement, et au fond, il me représente. Comme moi, il peut être très pressé, très agité, et en même temps, calme, dans l'attente, comme un lièvre immobile, traqué dans les hautes herbes. Ce mélange de rapidité et de réflexion, de lenteur même, me ressemble. Mathieu, dès sa lecture du scénario, m'a dit : « Enfin vous parlez de vous ! »

Je suis heureux sur le tournage, je n'ai pas de craintes, je suis chez moi, avec une équipe extraordinaire. Tous le savent : cela fait dix ans que je ne me suis pas trouvé sur un plateau, ils veulent m'aider à revenir. À commencer par les Pétin, mes producteurs qui sont devenus des amis, et qui, une fois encore, sont venus me secourir, sauver un film. Les acteurs forment autour de moi comme une nouvelle famille. Cette fois, je fais appel à Martin, mon fils cadet, pour la musique. Il est devenu un grand mélodiste. À sa demande, on a fait venir un piano dans mon bureau. Chaque semaine, il me joue des thèmes. Certains me plaisent d'emblée ; quand ce n'est pas le cas, il les écarte immédiatement, revient aux premiers, les améliore devant moi en direct. Pas de bataille d'amour-propre, il y a une telle connivence entre nous. On avance ensemble. L'enregistrement à Londres est un grand moment de bonheur filial !

Un nouveau carnet. De nouvelles images en tête. Toujours cette même question qui revient : « À quand votre prochain tournage ? » Que répondre ? Que dire à ceux pour qui mon tempo paraît une anomalie ? Huit films seulement en soixante ans de carrière. Une cadence qui contraste ironiquement avec celle de mes films. C'est en y songeant et en rassemblant mes souvenirs que me vient le titre de mon livre : « Vive allure ». Cela m'amuse.

En me promenant dans Saint-Lunaire, je regarde la mer, les maisons et les arbres, la nature et la pierre, immuables. Mes petits-enfants jouent dans le jardin. Ce pourrait être le début d'un film. Plutôt celui d'un livre.

REMERCIEMENTS

Jean-Paul Rappeneau et Kéthévane Davrichewy remercient chaleureusement pour leur soutien :

Juliette Joste

Madeleine Thompson et Olivier Nora

Marina Girard-Muttelet

Julien et Martin Rappeneau.

Cet ouvrage a été achevé d'imprimer sur Roto-Page
par l'Imprimerie Floch à Mayenne en octobre 2025
pour le compte des éditions Grasset
61, rue des Saints-Pères, 75006 Paris
info@grasset.fr

Mise en pages
PCA 44400 Rezé

Grasset s'engage pour l'environnement en réduisant l'empreinte carbone de ses livres. Celle de cet exemplaire est de :
400 g éq. CO_2
Rendez-vous sur www.grasset-durable.fr

PAPIER CERTIFIÉ

N° d'édition : 23703 – N° d'impression : 107671
Dépôt légal : novembre 2025
Imprimé en France